網路
Novel

燦燦

假如，早知道愛情不會有結果，
我們該繼續堅持，還是就此放手？

超·幸福系女王
Sunry 著

一切都會過去的，那些好的、壞的、快樂的、難過的……
都將隨著時間的流逝而遠去，只留下思念，熨在我的記憶裡，
化成一幅幅泛黃老舊的畫面，夜闌人靜時，隱隱刺痛著我的心，讓人無處可逃。

後來我常想著，如果那天朝陽沒有拉著我去看百名榜，如果朝陽沒有指著燦燦的名字給我看，又如果沒有那封遞錯的情書，那麼也許終其一生，我也不會如此深刻地想念一個人。

「阿莫你看，這個名字！就是這個名字！怎麼樣？很有小說人物的感覺吧，對不對？」朝陽把我從香噴噴的排骨便當前硬拉出教室，然後指著一個對我而言完全陌生又沒有任何意義的名字，興奮地直嚷嚷，眼裡還熠熠地散發出奇異光芒。

那年，我們高三，正陷在水深火熱的升學壓力下，每天課後到補習班報到是必然的行程，倒不是我們有多上進，或有什麼宏大的願望，一定要考上那間知名的國立學府。而是背負著家人的期望，使得我們好像不到補習班補習就罪大惡極似的，雖然我很清楚這麼做其實功效並不大，就像沒打好基礎的房子，無論多用心去堆砌，依然隨時有坍塌傾倒的可能。

「所以呢？」我雙手交叉在胸前，冷眼看著朝陽。

「你不覺得這個名字很好聽嗎？燦燦，燦燦耶，光聽就覺得很浪漫。」朝陽一臉燦爛，揚著不知大禍臨頭的微笑。

這不是朝陽第一次對我說別人的名字有多好聽多浪漫，她這個女人一向對美麗的名字敏感，這個毛病大概跟她叫「夏朝陽」有關吧！

朝陽很討厭自己的名字，她總說她爺爺很討厭，沒事給她取這麼一個不浪漫又沒氣質的名字，朝陽朝陽，聽了就很俗氣。

而且，還很容易被誤以爲是男生的名字。

「我爺爺說，夏朝陽就是夏天的朝陽，溫煦不刺眼，還帶著柔和的溫暖色調。」朝陽曾經向我訴說關於她名字的由來。

但是，朝陽並不溫暖，甚至有些潑辣，發起脾氣來時，猶如烈日灼身。

大概因爲名字的關係，所以朝陽特別愛看有一大堆人名的東西，比方像是大學榜單，或是學校和補習班的百名榜。一看見她欣賞的名字時，她就會興奮地展示給我看。

「妳是吃飽撐著沒事做是不是？」我狠狠敲了朝陽的頭兩下，面露凶光，「我正在吃飯耶！吃飯皇帝大，妳懂不懂？」

「喂！我當你是我哥兒們才跟你說的耶，你這麼凶幹什麼啊？」朝陽也不客氣，朝我的小腿骨用力踹了兩下，在我的唉唉亂叫聲中開口，「下次不跟你說了啦，哼！」

說完，她扭頭就要離開，往前走了幾步後，又轉身走回來，對抱著右腳小腿骨嘶嘶喊痛的我說：「再補一腳。」

瞬間，我的左小腿跟著遭殃，一陣麻辣辣的痛，沿著我的左腿神經直衝腦門，逼得我眼淚幾乎要掉下來。

「夏朝陽，有膽妳不要跑！」我抱著幾乎快斷掉的左小腿，右腳在原地上上下下跳著，臉紅脖子粗地向朝陽大聲吼叫。

「我是膽小鬼，我是膽小鬼……」朝陽揚著笑意的聲音漸漸遠去，消失在我面前。我只能瞪大眼，氣呼呼地看著她離開，卻連追上去打她的力氣都沒有。這女人！總有一天，我一定要讓她知道我的厲害。

說起朝陽跟我的交情，那眞可用「源遠流長」這句成語來形容。小學六年、國中三年、高中兩年多，我們總共認識將近十二年，也同班了快十二年，想要裝不熟都很難。十二年，很恐怖的一個數字，那代表我大半的童年跟青少年時期，都跟夏朝陽這個女人脫離不了關係。

朝陽的個性大而化之，在同儕間人緣異常地好，不論男生或女生，都能跟她成爲好朋友。

從我認識朝陽這個人開始，她就不曾留過長頭髮，在我們認識的這十幾個年頭裡，她唯一比較像女生的時期，大概是小五跟小六那兩年。那時的她，剪了一頭馬桶蓋頭，而且長度總是維持在肩上兩公分以上，髮長永遠碰不到肩膀。

國二升國三那年夏天，朝陽不知道受了什麼刺激，開始削起男生頭，這個髮型一留

就是三年多，直到現在。

以一個女生的身高來說，朝陽算是很高的，一七三公分的她，在女生堆裡總是鶴立雞群，加上她身材像是發育失敗的少女（啊！這句話千萬不能讓朝陽知道是我說出來的），所以在學校裡，總是有些學妹們誤把朝陽當男生，她收到學妹寫來的情書，恐怕已經榮登我們那個年級的第一名。

「眞是傷腦筋呀！我明明是女生，怎麼老是被認錯？」有一次朝陽拿著一封一年級學妹剛遞給她的情書，皺著眉頭不知所措地自言自語。

「就一個男生的角度來看，妳實在不大像女生。」我把心底的話講出來。

「就算不大像女生，但女生該有的，我也總是有啊，怎麼就是有些人看不清楚呢？」朝陽講這句話時，還特地抬頭挺胸了一下。

不過她就算再怎麼努力抬頭挺胸，還是像個小男生。

事情後來當然不了了之，朝陽還是持續收到學妹們遞來的愛慕信，她也依舊留著一頭短短的男生頭，一切彷彿如常，沒有改變。

直到在補習班門口收到燦燦遞來的情書。

我記得那天是星期六，天氣有些悶熱，雖然已經是入秋的時節，不過南台灣的氣溫依然居高不下，空氣中飄浮著山雨欲來的氣味，但水氣卻像凝結在厚厚雲層裡似的，雨

始終落不下來。

朝陽去便利商店買了兩杯思樂冰，遞了一杯請我喝。

就在我吸了兩口冰之後，有個女生不知道從哪裡冒出來，站在我面前。

「那個……」女孩甜甜地笑著，清秀的臉龐上，五官十分立體，笑起來有兩個深深的酒渦，很迷人。

我恍然呆立，不知道這個人要幹麼，因爲事出突然，所以我有些不知所措。

「這封信，請你收下。」女孩依然笑著，然後遞了一封淡粉紅色的信給我，我看著看著，心跳迅速加劇，那是我生平第一次收到女生寫給我的情書耶。

呆掉的不只有我，站在我身旁的朝陽同樣目瞪口呆，這大概是朝陽認識我這麼久以來，我最有行情的一天吧！

「……燦燦、燦燦，不是他啦……」

有個聲音從那個女孩的後面傳來，循著聲音，我看見另一個女孩躲在補習班大樓的側門邊，露出半張臉，低聲又著急地呼喚著。

「……是旁邊那個、旁邊那個啦！」側門旁的女孩又說。

「啊！抱歉抱歉。」站在我面前的女生呆愣了兩秒鐘後，驀然一笑，「誤會一場，不要介意啊！」

接著她把信遞給朝陽，朝陽這個女人卻不知道在發什麼神經，突然抓住那個女孩的手，激動地說：「妳、妳、妳的名字叫燦燦？」

燦燦，我始終記得妳臉上的笑，一如雨後天青的彩虹，總是那麼晶瑩璀璨。

✕

「是、是、是啊……怎麼了嗎？」不只那個女孩被嚇到，就連站在一邊的我也被朝陽突然的舉動驚駭住。

夏朝陽這女人到底在搞什麼鬼呀！

「妳、妳、妳是說，妳就是百名榜上那個叫徐燦燦的嗎？」朝陽兀自激動著，見那女孩怯怯地點頭後，激動得大叫，「啊啊啊！原來眞的是妳耶。」

「喂，妳搞什麼鬼？」見那個女孩快被朝陽嚇得魂不附體，我連忙把朝陽的手從她手上拉開，順便附贈一個白眼給朝陽，示意她不要那麼粗魯，萬一把人家女生嚇哭就糟糕了。

「啊，眞是抱歉！我只是之前在百名榜上看過妳的名字，覺得很好聽，所以看到本

尊才會這麼激動。」朝陽搔搔頭，尷尬地笑著，「有沒有嚇到妳？」

「沒有。」女孩呆愣了一秒鐘後，客氣地揚著淺淺的笑說。

「那就好。」朝陽見到她揚開笑容後，因尷尬而有些緊繃的臉部線條，瞬間緩和許多。「眞的很抱歉喔。」

「不會啦！」女孩釋然後綻出的笑容，看起來意外耀眼迷人，然後她像突然想起什麼似地說著，「啊！信、信，我同學要給你的信……」

「這個，」她用兩隻手拿著信，直直地把那封信伸到朝陽眼前，愼重地微微鞠躬要朝陽收下信，那模樣就像日劇裡，女生寫情書給自己心儀的男生，鼓起勇氣請男生收下信那樣地謹愼，「請你收下。」

「哇，眞是傷腦筋耶。」朝陽皺著眉，搔搔頭，並沒有接下那封信。

「啊？」那女孩聽見朝陽的回答後，好奇地抬起頭，望著朝陽。

「那個……是不是可以請妳幫我轉告妳同學一件事？」

「嗯？」

「我其實是女生耶！如果妳同學因爲誤認我是男生，所以想要跟我做朋友的話，我希望她可以早一點知道這個事實。」

「啊？眞的嗎？」女孩一臉震驚，睜大了眼盯著朝陽看，拿信的手還僵在半空中。

「唉呀，妳這樣的反應讓我很受傷耶！我看起來眞的那麼像男生嗎？」

「眞的很像啊！」女孩皺著眉，有些煩惱地說著，「唉，那我同學一定會難過死的啦！她很喜歡妳呢。」

「可是我不想搞同性戀啊！所以麻煩妳去幫我跟妳同學說一下，還有那封信，請妳幫我拿去還給妳同學，希望她不要太難過。」

「好吧！」女孩偏頭著看了朝陽幾秒鐘之後，說著，「其實妳如果把頭髮留長，一定會很漂亮的。」

然後，我看到了百年難得一見的奇景，夏朝陽臉紅了。

那是我們第一次跟燦燦認識的情景，因爲一封遞錯的情書，而開始有了生命裡的交集，因爲這樣的交集，我們之間有了故事與回憶，而我也開始懂得如何思念一個人了。

一直到很久很久的以後，每每只要我想起燦燦，一想起她揚著燦爛的笑容，安靜而專注地望著我時，我總有種泫然欲泣的衝動，那種感覺彷彿……彷彿燦燦又再一次站在我面前，又再一次綻出開朗的笑容，對著我說：「沒有關係呀！一切都會過去的。」

是的，一切都會過去的，那些好的、壞的、快樂的、難過的……全都會隨著時間的流逝而過去，變成回憶，熨在我的記憶裡。就像一幅泛黃老舊的畫面，不用刻意去翻閱，它們就會悄悄跑出來偷襲你，想躲都躲不掉。

補習班附近有一間簡餐店，店裡的招牌是蛋包飯，因爲分量大又平價，所以很得學生們的愛戴，只不過蛋包飯是限量的，一天只賣一百份，因此朝陽跟我常常都只有流口水的分。

「今天無論如何，我一定要去排隊買蛋包飯，阿莫你要不要吃？」從學校要去補習班的途中，朝陽邊騎單車邊說著，表情認眞得像在許什麼承諾似的。

「打包票妳一定買不到。」我沒有朝陽那種對蛋包飯的執著與熱情，對我來說，不過就是塡飽肚子嘛，吃什麼不都一樣。

但是朝陽並不這麼想，說到底，她畢竟還是女生，女生就是這樣，有時會突然很想吃某些東西，而且堅持得不得了，如果不能如願，心情還會壞上一整天，心情一壞，颱風尾就會隨便亂掃，掃到誰，誰就倒楣，連天皇老子也不例外。

而只要朝陽心情不好，颱風尾不管左掃右掃，我一定都是那個被掃到的倒楣鬼。

「這種事情是憑運氣的，要不要賭看看我買不買得到？」朝陽揚著眉看我，一臉不曉得哪裡來的自信神情，說：「我這個星期的運勢很棒喔，不管做什麼事都能順心如意耶。」

「妳怎麼知道妳這星期的運勢很棒？」

「昨天電視上的星座專家說的呀。」

我一聽，差點撞電線桿自殺。

不過，這就是朝陽，很容易爲一件小事大喜大悲，很容易相信別人，很迷信又很樂天知命，好像沒什麼太大的煩惱，永遠少根筋，總是對未來的日子充滿信心與希望，傻氣得很單純。

因爲單純，所以沒有殺傷力，朋友也總是比別人多。

我相信，這就是朝陽的魅力，無人能敵。

「怎麼樣？要不要跟我賭看看？」見我沒答話，朝陽又追問著，一臉像在期待什麼似地躍躍欲試的表情。

「妳在打什麼鬼主意？」我可不是省油的燈，認識朝陽這麼久，她的心眼有多大，我比任何人都清楚，這個女人肚子裡一定有鬼。

「哪有啊！」朝陽揚聲大叫，不過臉上的表情洩露出她的心虛，她刻意轉過頭不看我，說著，「你才一肚子鬼呢。」

「妳以爲我才認識妳一天兩天嗎？」

「喂，你很婆婆媽媽耶，是不是男人啊你？到底要不要跟我賭啦？囉哩巴嗦的，娘死了！」

「好啦！賭就賭，要賭什麼啦？」我最討厭人家說我娘了。

「眞的嗎？」朝陽一聽我應允，馬上眉開眼笑。

「對啦對啦。」

「那我今天如果買到蛋包飯，我就請你吃一個。」朝陽一派大方。

喔？有這麼好康的事？不對……禮多必詐！

夏朝陽是何等人物我難道不清楚嗎？她會對我這麼好，一定是有企圖的。

「說吧！妳要我幫妳什麼？考試作弊、借妳錢、幫妳寫作業，哪一個？」

「都不是。」朝陽搖搖頭，臉上的笑不斷擴大又擴大，但她笑得愈燦爛，我的神經就繃得愈緊，這女人這次心裡懷的鬼胎實在太大了，大到連我都不自覺地恐懼起來。

「到底要幹什麼啦？」我耐不住性子大聲問她，「如果妳是要叫我去抓姦，我可是辦不到喔！我沒有狗仔隊那種耐心跟精神。」

「你神經病喔？去抓誰的姦！」朝陽白了我一眼，接著揚起一個令我毛骨悚然的燦爛笑容，「你幫我寫一封信，我想認識那個徐燦燦。」

「靠！夏朝陽，妳是故意的喔？」我一聽就大叫，「妳明知道我根本就不會寫信，幹麼要這樣整我？」

「寫信又不難，要不要我拿那些學妹們寫給我的信給你當範本？阿莫，我相信你一定可以的啦！不要對自己那麼沒信心嘛！想看看，你也是因爲跑第一名才能出生的耶。」朝陽拍拍我的肩膀安慰我。

「什麼第一名？」我一頭霧水。

「跑第一名的精子啊。」朝陽笑著，「當初你就是在你媽媽肚子裡，打敗幾百萬個精子，跑了個第一名去跟卵子結合，才造就出現在的你啊，所以阿莫，你千萬不要妄自菲薄喔。」

我傻眼了。

這大概是我聽過最爛的安慰吧！

燦燦，幸福美好的故事結局一直是妳想要擁有，卻始終到達不了的結果。

✕

對於星座啊、命理啊……等等這些東西，我並不是不相信，但跟女生比起來，男生總是理智些，至少不會迷信到無可救藥的地步。

就拿買不到蛋包飯而整天心情鬱鬱沉沉的朝陽來說，她對星座跟塔羅牌的熱忱，大

概已經到了病入膏肓的境界，所以當那些星座專家所謂好到一整個不行的一週運勢，才第一天就夭折在無緣的蛋包飯時，對朝陽心靈上的打擊，恐怕是異於常人地大。

我並不是個喜歡幸災樂禍的人，尤其是當自己的朋友因爲心情大受波折而鬱鬱寡歡時，通常我心裡頭也不會好受到哪裡去，不過，前提必須我是個局外人。

而這次的「蛋包飯事件」卻不是這樣，它可是關係著一封信，而這封信很有可能扼殺掉我所有的腦細胞，就使出算渾身解數，用光我畢生所學的國文造詣，也未必能順利完成它。

所以我並不同情朝陽，一點也不。

同不同情是一回事，朝陽的颱風尾還是毫不留情地掃到我身上。

「幹麼這樣？不過只是一個蛋包飯……」

我試著跟朝陽這個番婆講道理，雖然明知這樣就跟秀才遇到兵的情況差不多，不過朝陽總是讀書人，所以……也許……應該……

「是兩份蛋包飯！」本來懶洋洋地趴在書桌上的朝陽迅速坐直身子，用充滿怨懟的語氣糾正我，又惡狠狠地睨了我一眼，好像是我害她買不到蛋包飯似的。

「好啦好啦！是兩份蛋包飯啦，可是，這又不是妳第一次吃不到那間店的蛋包飯，幹麼氣成這樣？」

「現在不是蛋包飯的問題，而是我跟你之間的賭注，那已經不是單純的蛋包飯這麼簡單而已了。」

我不懂朝陽幹麼把一件簡單的事搞得這麼複雜，我還是覺得蛋包飯就是原凶。

「好啦！不然明天下課我騎車騎快一點，幫妳去買蛋包飯好了，妳就不要心情不好了吧。」我討好地說。

「就跟你說了不是蛋包飯的問題嘛！」朝陽橫豎著眉，略略提高音量，幸好現在是補習班下課時間，整間教室鬧哄哄的，正好掩蓋掉朝陽高揚的聲音。

「不然是什麼？」我當然知道問題的核心，只是我仍然想用裝傻來逃避。

「是信，信信信信信……」朝陽直接點出來。

「信妳可以自己寫啊，又不是非要我寫不可，而且妳明知道寫信這件事對我來說，難度簡直比站在路上被雷劈到還要高，幹麼一定要勉強我呢？」

「我要是會寫，還輪得到你來動筆嗎？就是不會才要叫你幫我寫嘛。」

「難道妳收到的那些情書都是看假的嗎？看了那麼多信，照本宣科一下總會吧？」

「難不成你看了那麼多的漫畫，自己就會畫畫了嗎？」

「……」

朝陽在這種對話上的反應總是非常快，常常快到讓我招架不住。

「算了！反正明天再接再厲吧！總之，我們之間的賭注是沒有時間性的，看我哪一天買到蛋包飯，你就要幫我寫信，知道嗎？」下一秒鐘，朝陽馬上又賊賊地揚著她的嘴角對我說。

「喂，怎麼可以這樣？」我大聲抗議。

「沒聽到、沒聽到、沒聽到……」朝陽摀著耳朵，搖頭晃腦地亂編旋律唱著。

我拉下她摀耳朵的雙手，她依然裝聾地「沒聽到、沒聽到」亂唱一通，完全不理會我的抗議。

於是我沒輒了，對朝陽這種番婆，我很難有辦法的，所以只能感嘆自己命不好，前世業障太多，這輩子才會交到壞朋友。

星座專家的預言並沒有失靈太久，朝陽在我們進行賭注的第三天就買到蛋包飯。

「噹噹！」朝陽露出這幾天難得一見的晴朗笑容，笑嘻嘻地把蛋包飯打開，推了一個到我面前，「好東西要跟好朋友分享，所以阿莫，這個蛋包飯請你吃。」

我兩顆眼睛睜得老大，遲遲不敢對眼前的蛋包飯動筷了。

「幹麼突然客氣起來啦？阿莫，這不是你的個性耶，吃啊吃啊，害羞什麼？」朝陽笑容可掬地催促我快吃。

我才不是在裝客氣或是害羞啊，實在是吃人嘴軟，這頓蛋包飯的代價可不是普通的大。

不過我想我是怎麼樣也躲不過朝陽這個武則天的壓迫，只好大口大口地把蛋包飯吃下肚，反正不吃白不吃，寫信的問題就留到明天過後再來煩惱好了。

「別忘了幫我寫信喔……」當超過一半的蛋包飯被我祭入五臟廟之後，一直托著腮幫子微笑看我吃飯的朝陽突然開口這麼說。

我沒有應允也不再推辭，反正逃也逃不掉，乖乖做就對了。

「那就這麼說定了喔！」朝陽見我不回話，馬上又笑盈盈地說：「阿莫加油，你一定可以的，加油加油。」

正所謂「台上一分鐘，台下十年功」，這句話套用在寫信這檔事情上，實在是再貼切不過。

不過我連一年的功力都沒有，所以信寫了快一個星期，依然只有簡單幾個字，進度比烏龜爬行還要慢。

這可不能怪我，從小到大，我從來就沒有收過信，更遑論寫信這檔事。雖然朝陽拿

了好幾封她收到的情書給我當範本，但沒有身歷其境的感受，我還是很難完整地寫出一封信。

「喂，你眞的很呆耶！」第六天，朝陽終於耐不住性子，指著我的鼻子大罵。

「有什麼辦法？只能怪妳所託非人啦。」我聳聳肩，講得雲淡風輕，把事情撇得乾乾淨淨，彷彿這事跟我一點都沒有關係似的。

「不用想撇清關係。」朝陽朝我的後腦杓拍了一下，怒斥著，「你以爲你可以白吃白喝嗎？告訴你，想都別想！現在你還有第二條路可以走，就是直接幫我去跟徐燦燦說我想要跟她做朋友。」

「……」

「怎麼樣？就這兩條路，看你要走哪一條，總之，我再給你一個星期的時間，你最好趕快展現你男人的魄力，早點把事情擺平吧！」

擺平？我倒是很想繼續擺爛下去，可是我知道，萬一我眞的擺爛下去，依朝陽的個性，我們之間近十二年的交情，大概也會跟著擺爛下去吧。

燦燦，我從來不知道，深刻想念一個人，是這麼痛的事，整顆心彷如刀割。

關於「命中注定」這四個字，對我來說，並沒有多大的感覺，很多時候，我覺得「人定勝天」這句成語給我的意義，反而超乎尋常。

不過，那是在我「撿」到燦燦之前。

用「撿到」這兩個字來形容我跟燦燦的再度相遇，一點也不誇張。

那天，連日來悶了好幾天的陰霾天空，終於下起雨來，雨勢磅礴得像颱颱風時的那種狂風暴雨。

朝陽交代給我的功課，我還是完成不了。而隔天就是期限到期日，依朝陽的火爆脾氣，翌日我必定是要被罵到狗血淋頭的。

於是，幾經考量之後，我決定到便利商買兩杯思樂冰，請朝陽吃一杯，也許這杯冰可以讓她降降火氣。

冒雨買了冰，我提著塑膠袋正準備往補習班的大樓走去時，卻在距離補習班幾棟大樓的防火巷口，看到一個被淋得全身溼透，靠著牆，像顆球般蜷曲蹲在地上的人。

是一個女孩子，看起來好像很不舒服的樣子，長長的頭髮披垂下來，看不到她臉上的表情，不過我的直覺告訴我，她一定是遇到什麼困難了。

「嘿！」我站在防火巷口，對著在巷子裡的她叫。

起先，她並沒有理會我，直到我叫了第三聲後，她終於緩緩抬起頭。

是燦燦！

我認得她，因爲朝陽和那封遞錯的情書的關係，所以我對她的印象特別深。

不過，現在的燦燦，看起來很虛弱。

她看見我時，彷彿也認出我來，沒有一絲血色的嘴唇勉勉強強地揚起一彎淺淺的笑，可惜，並不好看，沒有我們第一次見面時，她臉上的那種燦爛。

「妳怎麼了？」看見是自己認識的人，我想也沒再多想就走近她，用關心的口吻問著，「需要幫忙嗎？妳的臉色看起來好糟糕耶。」

「請問你……你有沒有……餅乾或……糖果？」燦燦不只人看起來很虛弱，連聲音都虛弱到像蚊子叫。

不過……她跟我要餅乾跟糖果？在這個節骨眼上，她居然還想吃餅乾跟糖果？難怪人家都說女人有兩個胃，一個胃是用來裝甜食的，果然沒錯。

也許是燦燦看出了我的疑慮，她接著開口，「我的血糖降低了，頭很暈，很不舒服，需要醣類的東西來幫我補充血糖……」

「可是，我身上沒有餅乾或糖果耶。」我下意識摸摸自己褲子兩側的口袋，裡面除了幾塊錢的零錢之外，一無所有，唉！我眞是個一無所有的男人啊！

「不過，我有思樂冰。」我晃晃手上的塑膠袋說：「思樂冰可以補充妳的血糖嗎？」

「我也不知道耶，那個甜嗎？」

「思樂冰應該都滿甜的吧！」

「那你可以給我一杯嗎？我等等給你錢。」

「請妳喝吧！」我大方地把吸管插進思樂冰裡，遞到燦燦面前。

燦燦喝了一口後，皺起眉頭，說：「好冰喔！」

「對降火氣應該很有用。」我說著燦燦可能無法理解的冷笑話，不過她如果知道朝陽的脾氣，也清楚我買冰的用意，也許她就能明白我想要表達的意思了。

「而且很甜。」燦燦的眉頭依然緊蹙著。

「希望對妳有幫助。」我覺得我一定是天下最不會接話的笨蛋。

燦燦仰起頭，對我笑了一下，這笑容比剛才那個勉強擠出的微笑好看多了。

「謝謝你。」燦燦說，然後她輕輕閉了一下眼睛，雖然只有幾秒鐘，我卻看見她又捲又翹的長睫毛。

如果說，朝陽像個男人婆，那燦燦顯然就是十足的小女人。

不只是因爲她講話的語氣，不只是她裝扮的方式，也不只是她說話時臉上的表情，總而言之，她給人的感覺就是十分地女生。

「妳再這樣淋雨下去，恐怕血糖恢復了，人也要感冒了吧！」我沒帶傘，只好用沒有提塑膠袋的那隻手掌，舉在燦燦頭頂上幫她遮雨，「要不要我扶妳到騎樓下？」

「好。」燦燦一點也不扭捏，大方地應允。

我攙扶著她的手臂，把她扶到騎樓下，讓她坐在大樓外造景花圃旁的高檯上。

「好一點了嗎？」老實說，我很擔心，萬一燦燦突然在我面前昏倒，我眞的不知道該怎麼辦。

「嗯，好多了，謝謝。」燦燦點點頭，我看著她慢慢恢復血色的臉龐跟嘴唇，一顆懸宕著的心，終於安安穩穩地落了地。

「要不要我扶妳回去補習班？」看她現在的狀況，大概還是需要別人幫忙吧，如果我把她這樣丟在路旁，自顧自地回到補習班去，那我一定會良心不安的。

「說來眞糟糕。」臉色恢復得差不多的燦燦吐著舌頭，露出有點頑皮的笑容說：「我本來是要蹺課跑出去玩的，結果才剛跑出來沒多久，人就不舒服了，這下子大概只能乖乖回去上課了吧。」

「補習班的冷氣很強耶，妳全身溼透了，吹冷氣上課，恐怕會感冒吧。」

在我的感覺裡，女生總是比較嬌弱，男生淋雨吹冷氣通常都不會怎麼樣，不過女生可不一樣，小淋一場雨就有可能要躺在床上好幾天起不了身，更何況是全身溼透待在冷氣房呢？

而且，依燦燦目前身體狀況看起來，她要是去補習班上課，在強冷的冷氣吹襲之下，八九不離十是一定要發燒感冒的。

「沒辦法，現在這個樣子大概也沒辦法蹺課去玩了，萬一在路上又不舒服，那就麻煩了，不是每次都能好運遇到像你這樣的善心人士的。」燦燦雖然一副不得已的煩惱口吻，臉上的笑卻很燦爛。

有那麼一瞬間，燦燦的笑讓我有種眩目的感覺，那種感覺很奇特，一種我說不上來的情緒，就這樣在我胸口反覆縮張，擠壓得我胸口有些疼，卻不討厭。

後來，我冒雨騎著單車衝回家，從姊姊的衣櫃裡找出一套乾淨的休閒服，用塑膠袋包好，送到補習班去給燦燦穿。

我順便利用拿衣服給燦燦的時間，告訴她，關於朝陽想要跟她成爲朋友的請求。燦燦聽完後，一臉呆掉的表情。

「她……我是說，你說的那個朝陽，是……我同學喜歡的那個嗎？」燦燦完全傻掉的反應，讓我覺得有些好笑。

「對。」我點頭。

「可是，我也不想變成同性戀啊。」燦燦有些苦惱地皺著眉頭說。

燦燦的反應讓我終於忍不住哈哈大笑起來。

「朝陽也沒興趣啦！妳不用擔心，她只是很單純地覺得妳名字很好聽，人長得很可愛，才想跟妳交朋友的啦。」我解釋著。

「喔。」燦燦鬆一口氣，笑著，「那有什麼問題？你就幫我跟她說ＯＫ吧。」

於是，朝陽跟燦燦建交了，而我，因爲很幸運地在防火巷裡撿到了燦燦，而省去繼續抓頭髮、咬筆桿，忙得焦頭爛額，卻還搞不定一封信的困擾。更重要的是，朝陽對我這次的表現頗讚賞，我的耳膜也因而躲過朝陽這個大聲婆的音量攻擊。

燦燦，關於愛與不愛的問題，我們始終找不到平衡點，於是只能深深地喜歡。

※

我想，這大概就是所謂的「緣分」吧！強求不來、推辭不去，該來的時候它就會來，有時期待著時，它卻遲遲不見蹤影。

燦燦跟我們的故事，正確說來，應該是從我撿到她的那個雨天開始的吧，那場雨，誰都躲不過，也幸好有那場雨，我們的故事才終於有了開始。

也許是因爲年紀相當，加上有夏朝陽這個開心果在，所以燦燦很快就跟我們混熟了。而當初那個暗戀朝陽失敗的燦燦的可憐同學，也因爲燦燦的關係，和朝陽變成很好的朋友。喔，對了，燦燦的同學名叫方勤美，名字聽起來有點俗氣，不過是個眞性情的小女生。

朝陽一直想把我跟勤美湊成一對，每次只要是四個人一起出去時，她就會鼓譟我去跟勤美坐在一起。

一開始，我並不是十分在意朝陽的玩笑，幾次之後，我才逐漸失去耐心。

「夏朝陽，妳夠了吧！」一次在速食店門口，我鐵青著臉警告朝陽。

「幹麼啦。」朝陽完全少根筋地繼續跟我嘻笑哈啦，「勤美人很好耶，配你完全綽綽有餘，你還在不知足什麼？」

「妳這樣一直開勤美跟我的玩笑，我是男生無所謂，可是勤美是女生耶，妳有沒有顧慮到人家的心情？」我邊講邊偷偷睨了站在櫃檯前點餐的燦燦跟勤美一眼，還好她們兩個人完全沒有注意到我們這邊的情況。

「勤美才沒有你想像的那麼小心眼呢。」

「妳的名字叫方勤美嗎？」

「你是考試考傻了，還是補習補呆了？我是夏朝陽啦，什麼方勤美？很嚴重耶你，我看大概不用等考完聯考，你就已經被那些接踵而來考卷逼瘋了。」朝陽說這話時，臉上沒有一絲絲的擔憂或不安，反而有點……有點……像是等著看好戲的那種期待表情。

「既然妳不叫方勤美，妳就不要擅自幫勤美發表她的內心感受，很多事，妳看到的只是表面，而真相卻往往是妳看不清楚的那一面。」

我的話一說完，朝陽果然噤口了，她睜大眼，偏著頭，一言不發地望著我，足足有半分鐘之久。

「哇！阿莫，你好了不起喔！」半分鐘後，朝陽誇張地拍著我的肩膀，嘻嘻地咧著嘴笑，「你那些話好哲學喔，很了不起耶。」

頓時，深深的無力感像月圓的潮汐般，狠狠地朝我撲來，當我聽到朝陽說我的話很哲學時，我就知道，地球人跟外星人果然是沒辦法溝通的。

所以，朝陽還是繼續開著勤美跟我的玩笑，而我，只能讓不斷糾結的情緒壓在胸口，一點辦法也沒有地讓朝陽繼續鬧下去。

不過，兩個星期之後，朝陽這個愛亂點鴛鴦譜的症頭瞬間收斂起來，據勤美私下跟我透露的情報是，燦燦去跟朝陽講了一些話，至於內容是什麼，燦燦始終不透露，而朝陽的嘴也密得像縫上一條雙層拉鍊。

儘管她們的談話內容我完全不得而知，效果卻是有目共睹。勤美跟我，因爲燦燦的見義勇爲總算能鬆一大口氣，不用再常常面對那種爲了朝陽隨便的一句話，而讓整個空氣彷彿刹時凝結住的尷尬場面。

我一直以爲燦燦是很愛吃甜食的女生，沒辦法，她給我的第一印象確實如此。熟識之後，我才發現她其實吃得很清淡，就連飲料，也幾乎都喝不加糖的居多。去速食店時，我們根本都不用問她，就會自動幫她點一杯無糖熱紅茶，點別的，她一律是不吃的。

「不加糖的飲料有什麼好喝的？燦燦，妳應該要喝喝看波霸奶茶有多美味，那可是台灣揚名國際的特殊飲料呢。」有一次，朝陽大力向燦燦推薦台灣特產，手上還拿了一杯她用心良苦買來的波霸奶茶。

「沒關係啦，我習慣喝無糖的，其實習慣了也沒有多難喝啊。」燦燦維持一貫的甜美笑容，對朝陽的推薦完全不爲所動。

「好怪喔妳，妳是我認識的女生裡，唯一一個不吃甜食的耶。」

「也不是完全不吃啦，只是要看情況。反正，我也不是那麼喜歡吃甜的東西。」

不過，燦燦愈是露出那種雲淡風輕的無所謂表情，我就愈覺得事情有蹊蹺，但礙於燦燦從不主動透露，我也不好加以詢問，探人隱私本來就不是我的強項。

「太異類了妳。」朝陽邊說邊撲向燦燦，然後用力地抱著她，「實在是太稀有了，燦燦妳放心，老師告訴我們要保育稀有動物，所以我一定會好好保護妳的，把妳的未來安心交給我吧。」

「很愛演耶妳，夏朝陽！」我毫不留情地敲敲朝陽的頭，當然，報仇的成分居多，誰叫朝陽之前老愛拿勤美跟我配對來做消遣。

「很痛耶，死阿莫，你就不懂得憐香惜玉嗎？」朝陽跳起來，像一頭被激怒的獅子一樣猛然撲向我，嚇得我拔腿就跑。

「你給我回來，死阿莫、臭阿莫、變態莫……」朝陽邊追邊罵，路旁的行人都朝我們這個方向看過來。我覺得丟臉極了，不要說停下腳步，我就連回頭去看朝陽的勇氣都沒有，這下子託朝陽的福，我大概已經在這條街上聲名大譟了吧。

高三生的生活大概就是這樣，每天都在跟時間做拉鋸戰，堆積如山永遠也念不完的書、寫也寫不完的考卷，還有每天像趕場似地在學校與補習班之間兩頭跑……

所有的時間跟空間都被壓縮得扁扁的，我們卻連抗議的權利都沒有，大人們說，這是人生中必定要歷經的一個重要環節，只要撐過了，未來的路就會更寬廣。

話是他們在說，朝陽跟我可不是那麼苟同。朝陽說，王永慶根本不用歷經大人們口中那個重要環節，人家他的路還不是很寬廣，而且寬廣到大部分的人都望塵莫及。

也許是朝陽跟我的血液裡都存在著那種劣根性很強的叛逆因子，所以我們兩個人的成績也一直不好不壞地懸在國立與私立學校的落點邊緣，岌岌可危。

燦燦跟我們就不一樣了，她的功課一向很好，補習班的百名榜上總是會看到她的名字，而且名次都維持在二十名內。

燦燦常常鼓勵朝陽跟我，還很熱心地整理各科重點給我們。

「加油，只要再撐幾個月，我們就能跟討厭的補習班和考卷說再見了喔。」燦燦經常用這句話激勵朝陽跟我。

也許是燦燦常講，講著講著，這句話就烙在朝陽跟我的心頭，於是最後那兩個月，朝陽跟我開始不分晝夜地拚命念起書來。到了終於考完大考的隔天下午，朝陽用單車載了一大箱的書來找我。

「走吧，兄弟。」我一開門走出來，朝陽就遞給我幾條用鋁箔紙包裹著，不知道是什麼東西的東西，弄得我一頭霧水。

「去哪？」

「烤地瓜。」

「啊？」

「這個啊。」朝陽指指我手上那些用鋁箔紙包著的東西，笑著說：「地瓜，我們去烤地瓜。」

「那妳載那堆書要幹麼？」我伸長脖子看了一眼朝陽載來的那箱書，全是折磨了我們三年的教科書和參考書。

「等等你就知道了，不要囉囉嗦嗦了啦，快走了啦……啊，等等、等等，你家電話借我一下！」

朝陽邊嚷邊從單車上跳下，三步併兩步地朝我家客廳衝進去，抓起電話按下幾個按鍵後，匆匆地朝話筒說了幾句話，又急驚風地朝我飛奔過來，揚著一臉大功告成的滿意笑容對我說：「好了，走吧。」

「妳幹麼？」

「打電話給勤美呀，跟她說我們要去烤地瓜，叫她找燦燦一起來。」

後來，我們找了一塊休耕的空地，堆了一個土窯，朝陽很豪氣地把她載來的那些書一頁一頁地撕開，丟進土窯裡燒。

一開始，我們全都傻眼地看著朝陽的瘋狂舉動，不過就在朝陽開始撕第二本書時，燦燦馬上像個小孩子似地跑過去加入朝陽的行列，拿起書開始努力地撕，像在玩什麼遊戲般笑得好開心。

勤美最瘋，她旋風似地迅速跨上單車，一句話也沒說就騎走，大約十分鐘後她又衝回來，淑女車的車籃上頓時多了好幾本書，全都是她最痛恨的數學跟英文。

「把這些討人厭的書也一起燒一燒吧。」勤美被太陽曬得紅通通的臉龐上綻出一朵燦爛的笑容。

大太陽下，我們四個人揮汗如雨地拚命撕開那些參考書，即使灼烈的夏日太陽曬得我們皮膚紅痛，我們卻一點也不以爲意，依然笑得開心。當那些書被我們燒得差不多時，土窯塊也被我們燒紅了。接著，朝陽把帶來的地瓜全往土窯裡丟。

那天下午，我們吃到了這個夏天裡最美味的烤地瓜。

燦燦，很多事當時我沒說，但那並不表示我不在乎，我想妳是懂得的。

※

暑假才過了四分之一，我就開始無聊了。

以往只要遇到長假，朝陽總是跟我膩在一起，天氣太熱的話，我們會去有冷氣的撞球間打撞球，傍晚時分，朝陽會跟我奔馳在沒有太陽光照射的籃球場上，偶爾，我們會去看一場電視廣告上強力推薦的假期強檔電影，以用來犒賞我們除了念書跟考試之外，實際上已經被壓榨到毫無任何青春活力的年輕歲月。

不過今年的暑假跟往常大大不同了，因爲我們已經暫時擺脫補習班及考卷的恐怖攻擊，也不用一天到晚跟那些國國英英數數奮鬥抗戰，所以閒得無聊到快發慌的我，每天都躺在家裡沙發上當米蟲，跟電視成了最好的朋友。

而夏朝陽這個女人，不知道從什麼時候開始，居然沉迷在線上遊戲的虛擬世界裡，一天到晚都在打怪練功不說，還天天跟她遊戲裡那個什麼公的在網路上談情說愛，根本沒空理我。有時打電話給她，她還會要我不要吵她，不要防礙她跟她的公練功升級，眞搞不懂，我們十二年的交情，怎麼會輸給一個沒見過面的陌生人！

最後，我決定去打工。

把這個決定告訴朝陽時，她終於一改這陣子來對我的不聞不問，稍稍有了反應。

「幹麼去打工？在家當米蟲不是很好？」電話那頭傳來朝陽按電腦鍵盤的聲音，還有喇叭裡傳出來陣陣哼哼哈嘿的打鬥聲。

「妳都不累喔？天天打電動，到底有沒有在睡覺啊？」不管我什麼時間打電話給朝陽，她永遠都是在打電動，讓我忍不住懷疑這個女人到底有沒有正常作息。

「有啦有啦，只是我昨天打王打到快四點才去睡，早上六點半又跟我公約好要一起去解任務，所以睡不多就是了。」朝陽說完，馬上像要印證什麼似地，打了一個大大的哈欠。

「再這樣下去，妳一定會爆肝的啦。」

老實說，我是有些吃味。我再怎麼樣也沒辦法想像，一個沒見過面的人，怎麼會讓朝陽迷戀成這樣，還甘心爲他放棄睡眠時間，甚至連我這個跟她有著十二年革命情感的死黨，也比不上她那個虛擬世界裡的老公。

「不會啦，我又不是天天這樣……好啦好啦，你不要像個老頭子那樣囉囉嗦嗦嘛，我自己的身體，我自己會注意的啦。」聽見我又要開口唸她幾句，朝陽馬上求饒，接著迅速轉移話題，「你幹麼要去打工？賺大學學費喔？」

「是在家太無聊了，加上妳這個現實的傢伙，一天到晚……」

「唉喲，不要再唸了啦……」朝陽終於忍不住大叫，「你眞的比我爸媽還要囉嗦

耶，好了，不跟你說了，我隊友在密我去練功，有空再打電話給你喔。」

然後，「喀」地一聲，朝陽掛了電話，一點讓我上訴的機會都沒有，留我怔怔地拿著嘟嘟嘟聲響個不停的話筒發呆。

幾天之後，我終於在報紙的分類廣告上，找到一個咖啡廳打工的徵人訊息，去應徵時，才發現老闆是個很年輕的傢伙，看起來三十歲不到，人很豪爽。他問我什麼時候方便去上班，我根本連考慮都沒考慮，就決定隔天去報到。

因爲我是工讀生的關係，所以時薪並不高，只有八十五元，而且我的工作是負責外場，囊括的範圍很廣，除了要幫客人點餐跟送餐點，還要整理桌椅跟帶位，有時吧台忙不過來，我還要過去幫忙調飲料或烤土司和鬆餅，跟個雜工沒什麼差別。

不過這些對我來說都不算什麼，我打工的目的就是要讓自己有事情做，所以薪水多寡，或者工作量的多少，對我來說都無所謂。

我上班時間是從下午四點半開始到晚上十點半，有時忙一點，會拖到十一點多才打烊，店裡的生意其實是有時間性的，比如傍晚五點半到晚上八點之間，因爲用餐的客人比較多，我們會比較忙一些，其他時間倒是還好，只要沒遇上什麼團體聚餐或慶生，基本上我都能在十一點左右回到家。

我們的老闆──就是我說那個看起來很年輕的傢伙，我們都叫他「寶哥」。至於他的本名，因爲他愛搞神祕，堅持不肯透露，所以店裡沒半個人知道。

就在我上班的第六天晚上，下班前，寶哥把我叫過去。

「喂，阿莫，我看你一個人做外場，好像挺忙的耶，要不要我找個人來幫你的忙？」寶哥站在吧台裡，將烤好的厚片土司塗上巧克力醬，遞了一片給我。

「嗯……」我不知道該答應寶哥，還是拒絕他。這兩天店裡的人潮的確明顯增加，可能因爲是暑假的緣故，來的人大部分都是以學生居多，常常只要用餐時間一到，店裡就坐滿了人，於是整個晚上下來，我幾乎都在店裡到處跑，連停下來喝一口水的時間都沒有。

「日班有個女生說她可以調到晚上來幫忙，我們店裡的客人好像集中在晚上比較多，所以我想，可以讓她調到晚上來試試看，這樣說不定你也就不用那麼累了。」寶哥說著說著，突然笑得詭異，「那個女生長得很漂亮喔，你不是沒有女朋友嗎？」

「寶哥你在想什麼啊？」我皺起眉，看著心眼裡不曉得在打什麼鬼主意的寶哥。

「哪有在想什麼？」寶哥依然滿臉笑意，然後拍拍我的肩膀，不再說話。

晚上才剛回到家，就接到幾乎快要被我登報作廢的夏朝陽打來的電話。

「幹麼？這麼晚不睡覺，打電話給我做什麼？」我看了一眼書桌上的電子鐘，已經快十二點了，這個女人這時間不睡覺，該不會是等會兒又要練功練通宵吧。

「再不關心關心你，大概就要被你冠上見色忘友的罪名了，所以我要趁罪名成立前，趕快打電話來給你啊。」朝陽揚著輕快的語調，聽起來心情好像不錯的樣子。

「什麼罪名成立前？妳不知道妳老早就跟見色忘友這四個字畫上等號了嗎？給我從實招來，妳打電話給我的目的到底是什麼？」

認識朝陽這傢伙又不是一天兩天的事，她那個女人心眼有多大，我比誰都清楚，她會在這時間打電話給我，八九不離十，肯定沒什麼好事。

「哪有啦？我像是那種有事情才會打電話給朋友求救的人嗎？我是嗎？是嗎？」朝陽還在裝無辜。

「是啊，妳是啊，妳的確是啊……快說，要幹麼？」

「喂，很沒有禮貌耶你。」朝陽在電話那頭嗔著。

「有話快說，老子今天上班很累，眼皮重到快掉到地上去了，妳到底有什麼屁要放？」

我以為朝陽會馬上回嘴的，沒想到她竟然沉默了幾秒鐘之後才開口。

「那個……我公……我公說要……見面……」朝陽支支吾吾地講不完全。

「什麼公？」一開始，我會意不過來，不過她話語方歇，我馬上知道朝陽在說什麼了。「妳是說妳線上遊戲裡的那個什麼公的嗎？」

「嗯。」朝陽的聲音很輕很輕，雖然只是輕輕的一聲，我卻能感受到語氣裡那種甜甜的感覺，一種……一種戀愛的味道。

「拒絕！嚴正拒絕他。」我的情緒馬上激動起來。

搞什麼鬼啊？對方是人是鬼都還搞不清楚，就傻呼呼地跟人家老公老婆地叫來叫去，線上談情說愛也就算了，現在居然還要見面，萬一對方是披著羊皮的狼，依夏朝陽那種傻不啦嘰的個性，被吃了都還不知道是怎麼死的吧。

「阿莫，你幹麼啦？這麼生氣做什麼？只是見個面而已，又不是要做什麼事。」笨蛋朝陽居然不識好人心地埋怨起我來。

這個晚上，朝陽沒有通宵達旦地練功，倒是跟我煲了一整晚的電話粥，我軟硬兼施地要她千萬不要去跟網友見什麼面，不斷分析利害關係給她聽，可是大部分時間，朝陽都只是握著話筒悶不吭聲，我想，說不定她很後悔打這通電話給我。

燦燦，妳說戀愛很辛苦，總是痛苦多過快樂，但因為妳，所以一切便值得了。

＊

兩天之後，我終於見到寶哥口中說的「很漂亮的女生」。

那天，我比平常還要忙碌，一半的原因是那幾天氣候太悶熱，店裡的冷氣跟冷飲在那樣的大熱天裡，很有消暑的功效，所以客人來來去去，我也忙個不停。

另一半原因，是負責吧台工作的曉雯姊那天休假，代班的工讀生是比我菜三天的梓寧，她笨手笨腳地老是把咖啡煮焦、把鬆餅烤壞，甚至連用刀子劃開厚片土司都能把土司弄分屍，搞得原本只需要負責外場的我看不下去，只好跑進吧台裡幫她的忙。

「妳實在很沒有做家事的天分耶！」就在梓寧不曉得第幾次把厚片土司分屍的同時，我看著一堆土司屍體，忍不住對她搖頭嘆氣，萬一這場景被寶哥看到，他搞不好會吐著血說：那些都是錢耶！

「所以當初我跟我媽說要來咖啡店打工時，我媽嚇得一直要勸退我，還說我只要乖乖待在家裡，她會一天給我兩百元零用錢。」梓寧吐著舌頭，一臉淘氣地笑。

「妳媽眞是有先見之明。」我由衷地說。

然後寶哥出現了！

「寶、寶哥……」我想要拿抹布來毀屍滅跡已經來不及了，寶哥望著那堆死狀悽慘的土司塚，臉上青一陣白一陣，好幾秒都說不出話來。

梓寧也好不到哪裡去，我猜想她的心臟大概也快要從嘴巴裡蹦出來了吧！

「阿莫！怎麼會是你？」驀地，一個聲音劃破這恍若一灘死水的尷尬。

我順著聲音的源頭望去，看見一顆頭從寶哥身後探出，睜著兩顆圓滾的大眼，骨碌地往我的方向凝視。

「勤美！」我的訝異不亞於寶哥背後的那個人。

然後一道靈光剎那間從我腦裡閃過，我想起寶哥兩天前對我說的那些話，莫非寶哥口中「很漂亮的女生」指的就是勤美？寶哥的眼光真的有問題！

這樣的話我當然不能說出口，否則我不是被寶哥打，就是被勤美追殺，不管怎麼樣，下場都不可能會太美好。

「阿莫，眞的是你耶。」勤美這回終於從寶哥身後鑽出來，站在我面前，圓圓的臉上掛著甜甜的笑，「你怎麼會在這裡？」

「打工啊，妳呢？」

從那次一起焢窯吃烤地瓜之後，就沒再見過燦燦跟勤美。我一直想找時間問問朝陽有沒有她們最近的消息，但朝陽那女人見色忘友，成天窩在電腦前大概已經忘了今夕是何夕，我想問了也是白問，想不到才正掛念著，就遇見勤美了。

「我是被寶哥拉來幫忙的。」勤美笑著指指寶哥，不一會兒，又嘰哩呱拉地跟我聊了起來。

寶哥受不了我們吱吱喳喳地聊個不停，只好簡單地交代我帶勤美了解一下外場的工作內容，然後轉身準備窩回他的廚房去準備晚餐的餐點。

「還有，土司不要切得支離破碎的，下刀不要太重，不然會怎麼切都切不好，那些都是錢耶。」寶哥走了幾步後，又像想起什麼似地返折回來，對著梓寧說完這句話，才眞正離開。

寶哥走後，梓寧跟我都笑了。

據勤美的描述，她在日班時負責的是廚房的工作，簡單來說，她是寶哥的助手，除了洗菜切菜和擺盤之外，她還要負責幫寶哥把客人點的餐點端到吧台給外場人員。

「所以妳的工作也不輕鬆呢。」我聽著勤美的敘述，暗暗覺得我們兩個人的辛苦程度應該不相上下。

「還好呀！大部分都是寶哥在忙，我只是負責簡單的工作而已。」勤美倒是很刻苦耐勞。

也許是寶哥大略跟勤美提過外場人員的工作內容，所以當我實地帶勤美實習外場工作時，她只實習一次就能迅速上手了。

「妳看看人家，比妳強多了！」窩回吧台裡，我的眼睛盯著正在幫客人點餐的勤美的背影，然後講話酸梓寧。

梓寧只是聳聳肩，沒回話也沒看我，淡淡笑著，兀自低頭跟她的厚片土司奮戰。

「啊，不是這樣切啦……」我話還沒講完，一塊無辜的土司又壯烈成仁了。

「眞的很難耶。」白忙了一場後，梓寧終於抬起頭，苦著一張臉對我說。

「是妳手不巧啦。」我搖搖頭，第一次看到有女生的手笨成這樣的。

結果那天晚上，我怕梓寧繼續濫殺無辜，所以幾乎都窩在吧台裡做梓寧原先該做的工作，而笨手笨腳的梓寧則被我趕到外場去幫勤美的忙。勤美的學習能力強，動作也很快，一整晚下來，外場的工作幾乎都是勤美在做，梓寧只負責端果汁跟咖啡，還有洗洗杯子而已，偶爾在勤美忙不過來時，梓寧才過去幫客人點餐或收拾客人離開後的桌上殘局。

這一陣子，有勤美的幫忙，我的確輕鬆很多，勤美雖然平時會像隻麻雀般在我耳邊吱喳地講話講個不停，可是一旦工作起來，還是挺認眞的。

我們兩個人總利用客人用餐時間過後的空檔，天南地北地聊天，互相交換彼此所有的資訊，當然這些資訊裡包括了朝陽跟燦燦。

勤美說，燦燦自從放暑假後幾乎天天都待在家裡，除了會跟勤美通電話保持連繫外，她們也沒見過面。

「沒辦法啊，我還要打工，燦燦也要養身體，所以見不著面。」

用餐時間一過，店裡的客人明顯減少，我們就坐在吧台前的高腳椅上聊天。勤美拜託曉雯姊打一杯新鮮西瓜汁給她，然後她邊啜著西瓜汁邊對我說。

「養身體？燦燦幹麼要養身體啊？」我好奇地問，眼睛瞟向梓寧，她現在已經能將厚片土司切得比較完美了，想來有曉雯姊的技術指導果然有差。

「呃……那個……就、就……」我一發問完，原本妙語如珠的勤美這下子反而開始口吃起來。

「耶！又成功一片了，哈哈。」躲在吧台裡的梓寧突然出聲歡呼，接著她把切割得完美的厚片土司拿到我面前，開心地說：「阿莫你看，這是我今天成功的第三片土司耶，來，你要吃什麼口味的，我請你。」

「不用了啦。」我搖頭，寶哥幾乎每隔兩三天就烤土司讓我當消夜吃，我吃到都快得土司恐懼症了。

「要巧克力還是草莓的？啊！蒜味的不錯，那就蒜味的吧。」梓寧根本沒有理會我說什麼，只是一個勁地拿出蒜味醬，拚命地往厚片土司上塗。

「幹麼？人家烤土司給你吃，你幹麼一臉吃到大便的表情？」勤美碰碰我的肩，靠近我耳邊低聲地問。

「一切盡在不言中啊！」我只能搖頭嘆氣，然後又想起剛才勤美跟我在聊的話題，於是又開口問，「對了，妳剛才說燦燦要養身體，那是什麼意思？」

勤美還來不及回答，店裡大門上掛著的鈴鐺就開始叮噹作響。有客人進門了。

勤美像在躲避我的問題似地，動作迅速地從高腳椅上跳下去。我動作沒勤美快，不過我們兩個同時都職業性地喊出，「歡迎光臨」四個字。

只不過，下一秒鐘，勤美的聲音裡揉合著訝異又帶著些許興奮的語調，揚著聲音說：「啊，燦燦！」

我抬起眼睛，看見穿著一身淺粉紅上衣及白色及膝吊帶裙的燦燦，巧笑倩兮地佇在店裡的透明玻璃門前，背景是一片燈火通明的彩色街景。

那一刻，不知道爲什麼，我卻有種彷彿時光交疊的錯覺，好像這一幕場景曾經出現在我夢境裡，說不上來爲什麼，總覺得這樣的景緻與顧盼生姿的燦燦，帶給我一種好熟悉的感覺，彷若一道印記，深深地刻劃在腦海裡。

一直到很久很久的以後，燦燦站在玻璃門的那個畫面依然像道烙印，清晰而鮮明地拓在我的記憶版圖中，每當我格外想念時，它就會跑出來突襲我，躲都躲不掉。

燦燦並沒有在店裡久留，當勤美開開心心地走過去，和燦燦低聲交頭接耳幾句之後，我看見勤美臉上瞬間僵住的笑容。

✕

一定是不怎麼好的事情！

當下，我心裡是這麼想著的。

接著，勤美方才跟我聊天時說的「燦燦在養身體」那句話，突然從腦海裡蹦出來，像山谷中不斷迴盪著的回音，來回地在我的耳畔迴繞。

我佇在原地，看著站在離我不遠處的燦燦，一段時間不見了，燦燦的臉色看起來並不太好，似乎瘦了點，臉色也蒼白了些，難不成她得了什麼無藥可醫的絕症，不然勤美臉上的神情怎麼會難看成這樣？

我心裡頭暗忖著，然後隱隱不安起來。

不過，我還是告訴自己，一定是我想太多了，這麼白爛的小說劇情，怎麼可能發生在我身邊？

這都要怪夏朝陽那傢伙，先前有一陣子她瘋韓劇瘋得很誇張，一天到晚跟我提到韓劇的劇情，偏偏那陣子的韓劇結局都不怎麼好，不是男主角掛掉，就是女主角陣亡。

然而望著燦燦跟勤美兩個人臉上的神態，我還是有不祥的預感。

「喂，你幹麼？」正怔忡著，卻被梓寧拿搖搖瓶偷襲了一下。我摀著手臂，皺眉看她，她誇張地朝我擠眉弄眼，做出搞笑的表情，「看到美女被嚇傻了喔？」

「我才沒這麼膚淺呢。」我搖頭，沒什麼心情跟她玩鬧嘻笑。

「那個女生，」梓寧用下巴朝燦燦的方向抬了抬，問我，「就是你們常常在講的那個燦燦喔？」

「對啊，怎樣？」

「沒有啊，我只是好奇問問。她長得真的很漂亮耶，只是……太白了一點。」

「這算是缺點嗎？」

我不知道皮膚白也算缺點，很多東方女生都想要讓皮膚白皙，卻總是不得要領，只好拚命抹一堆美白保養品來淨白肌膚。燦燦的膚色剛好就是讓許多女生羨慕的那種嫩白膚色，所以我覺得梓寧搞不好是在嫉妒燦燦。

「我說的不是她皮膚白耶，是指她的臉色，嗯，怎麼說呢?就是有一種，嗯……一種病態美啦。」

「妳才有變態醜啦！」我啐她。

不知道爲什麼，我有些不開心梓寧這樣說燦燦，即使她說的話裡，我也有幾分認同，但站在朋友的立場，我不喜歡聽到燦燦被批評。

「你幹麼生氣？我只是把我的感覺說出來而已嘛，又不是在做人身攻擊……咦，怪怪的喔，阿莫，我沒看過你這樣耶……喂，你……你是不是在喜歡那個叫燦燦的女生？」梓寧像發現什麼新大陸般地，在臉上堆滿驚喜的笑。

「喜歡妳個頭啦。」我瞪她。

「沒有才有鬼！」

「我只是……」我正想開口解釋，卻被梓寧丟過來的抹布穩穩砸中，我從臉上拿下那塊抹布，大叫，「喂，我的臉……」

「三桌跟七桌的客人走了啦，你快去收一收，我今天不想拖太晚下班，晚上我還有約會耶。」梓寧邊說邊露出洋洋得意的表情，「我現在可是超有身價的績優股呢。」

「績妳個大頭鬼啦，妳把抹布丟到我臉上了啦。」我抗議著，暗暗咀咒她的身價從明天開始就無限期跌停。

梓寧沒理會我的抗議，她只在臉上堆滿虛僞的笑，然後把我的托盤丟給我，催促我快點去收拾桌上殘局，她不想再聽我廢話一堆。

拎著托盤經過燦燦跟勤美身旁時，我隱約聽到她們談話的內容，雖然不是很清楚，不過彷彿是誰生病了，而勤美一直很擔心地問著要怎麼辦。

我知道這個時候如果走過去探詢她們的談話內容，大概是很不禮貌的舉動，所以我決定等燦燦離開後再去問問勤美，這樣也許會好一些。

就在我整理好那兩桌客人離開後的杯盤狼藉，燦燦正好也要離開了。

「阿莫，我要回去了喔，再見。」臨走前，燦燦站在店門口，對我揚著燦爛的笑容。

「啊，怎麼才來一下就要回去了？」

「沒有啦，我只是好久沒看到勤美了，剛好到這附近買東西，就順道過來跟勤美聊天，現在時間晚了，再不回家，家人會擔心的。」

「喔，那路上小心喔。」

「嗯，知道了。」

燦燦點點頭，又舉起手對我揮了揮，然後走到勤美幫她拉開的玻璃門前，兩個小女生又低聲竊竊私語了幾句，才依依不捨地道別。

燦燦離開後，勤美並沒有馬上關上門，她倚在門邊呆了將近一分鐘，直到我走過去，她才回過神來。

「怎麼了?」我問。

不知道為什麼，我總覺得事態不單純，光看勤美方才一直拉著燦燦的手，談話間不時緊蹙著眉頭，偶爾還傳來她吸鼻子的聲音，我就覺得事有蹊蹺。

「沒有啊。」勤美像在迴避什麼似地沒看我的眼睛，低著頭鬆開拉著門把的手，然後站在門前又繼續神遊。

我看著勤美，覺得她一定是在說謊。好奇怪!女生好像都喜歡這樣，明明有什麼的事，她們就是喜歡搞神祕地說沒有，然後一些芝麻綠豆般的小事，她們卻又喜歡把它弄得像國家大事般誇大其詞，真的很麻煩又難理解。

我正思忖著到底要怎麼開口向勤美詢問關於燦燦的事時，勤美卻脫掉她身上的工作圍裙，丟給我。

「幫我請假，我要去追燦燦。」勤美一說完，拉開大門就要往外頭衝去，我腦袋還來不及反應，直覺地就拉住勤美的手臂。

「到底是什麼事?」被她們這兩個女生一搞，我的好奇心愈來愈大，也愈來愈不安。

「我不知道要怎麼跟你解釋啦，拜託，你去幫我跟寶哥請兩個小時的假，我一定要去追燦燦……」

讓我鬆開拉住勤美的手的，並不是勤美的那些話，而是勤美的眼淚，還有她臉上焦急的神情。

一種像是極力隱忍，卻終於還是崩潰掉淚的極大痛楚，清清楚楚地寫在勤美臉上。而勤美的淚，就像一顆巨石，撼動了我整個世界，久久無法平息。

那天晚上回到家之後，我躺在床上一直想著燦燦跟勤美的表現，愈想愈覺得奇怪。我抄起床頭的電話，直接撥給朝陽，希望那女人這時候不會態度冷淡地說她要打怪練功，或者要跟她那群虛擬世界的狐群狗黨打屁聊天，而不理我這個眞實世界的朋友。

電話才響了兩聲就被接起來，朝陽的聲音沒精打采地從話筒另一頭傳來，令我意外的是，電話另一邊的世界是一片恍若死水的寂靜。

「妳的電腦喇叭壞掉了嗎？」我劈頭就問。

「沒有啊，我沒開電腦。」朝陽依然死氣沉沉。

「今天遊戲維修喔？」

「沒有啦，哪有這麼晚在維修的？又不是大當機。」

「那妳幹麼沒去打怪？」

「今天我公休，不想上工。」

「眞是難得。」

「你打電話來，就是爲了要知道我有沒有在打怪是不是？」她還是沒半點活力。

這女人今天怎麼搞的？怎麼一副要死不活的樣子？跟平常的她一點都不像！

不過現在不是跟她抬槓的時候，我把晚上燦燦來店裡找勤美的事，一五一十地說了出來。

「所以怎樣？」朝陽講話的語氣仍然氣若游絲。

「我覺得事情一定另有隱情。」我說出我的看法。

「嗯。」

夏朝陽的語氣很明顯是在敷衍我，心裡感覺眞不舒服。

「夏朝陽，妳生病了嗎？」原來不只燦燦跟勤美奇怪，連朝陽也不大正常了。

「沒有啊。」

後來，在我的逼供之下，朝陽才終於向我坦承她變成這樣的原因。

燦燦，是妳讓我明白，原來我的感情是如此饒沃，足以豐盈妳心中的荒蕪。

也許成長的過程中，煩惱與掙扎都是無可避免的情緒，周而復始、循環不斷。我總是天真地認爲，拋開聯考的包袱後，就能過著無憂無慮的人生，卻忘了成長的代價，就是愈來愈多的煩惱，與愈來愈少的快樂。

這一點在我的身上，或許還不是那麼明顯，但是從燦燦和勤美，抑或是朝陽身上，可就顯而易見了。

電話那頭的朝陽，心情依然飛揚不起來，濃濃的低氣壓穿過電話線飄到我這邊來，連我這裡都要烏雲密布了。

「先說好的，你不可以罵我。」

夏朝陽那女人不管講什麼事，都會先加上但書，不能罵她、不能唸她、不能打她、不能唾棄她……不能這樣不能那樣，總之，如果要逼她講出心底話，就必須配合她的遊戲規則。

不知道她這個人到底算是機靈還是笨！

話說回來，如果把她歸類在「機靈」的範疇裡，她怎麼又會笨到不聽我的勸，跑去跟她遊戲裡那個什麼老公的死小子見面呢？

我來來回回地深呼吸了好幾次，好把想罵她的那些話都吞進肚子裡。

「然後呢？見了面之後的感覺呢？」

我是沒有罵她，不過講話的溫度已經冷到零下，她再怎麼呆也應該聽得出來吧！

我氣的不是我跟她十幾年的交情，卻比不上一個認識不到一個月的男生，而是我已經苦口婆心地浪費我的睡眠時間，勸她要懂得保護自己，不要隨隨便便跟不認識的男生外出，她卻還是寧願飛蛾撲火。

「糟透了，一整個的糟。」朝陽唉聲嘆氣。

「哪個部分糟？是他的長相，還是你們約會的過程跟妳想像的差距太大？」

「都有。」朝陽又嘆了一口氣，「他一直跟我說他長得很像日本的某個偶像歌手，女朋友換過一打以上等等什麼什麼的，害我超期待，結果看到他本人之後，我就明白爲什麼他的女朋友可以換超過一打以上了。」

「爲什麼？」

「這麼說可能很沒禮貌，但我已經找不到其他更合適的說法了……萬一我是他女朋友的話，我一定也會被他的長相嚇得連滾帶爬地跑掉。他爲什麼可以這麼大言不慚地說他長得很像日本的偶像歌手？那根本就是污辱了那個日本人嘛！」朝陽愈說愈氣憤，

「長得抱歉並不可恥，可恥的是他身上那股不曉得從哪裡來的自信，還有臉不紅氣不喘的說謊能力。」她義憤塡膺地。

當她說到這裡時，我竟然已經開始有點想笑了。

「阿莫，我說眞的，你跟他比起來眞的帥很多很多，就像……就像劉德華跟……跟李炳輝的差別。」

這、這是什麼比喻啊？

「所以呢？妳還要繼續跟他在網路上談情說愛嗎？」我的口氣終於比較緩和。

其實換個角度來看，如果沒讓朝陽提早認清對方的爲人，說不定她還傻傻地被那個男生的甜言蜜語弄得團團轉，不曉得要到哪天才能清醒過來呢。

「我就是嚇到了，所以今天才公休啊。」朝陽說：「以後……應該也會繼續公休下去吧。」

也許，幻滅就是成長的開始。

我不急著安慰朝陽，只想要讓她自己冷靜地想一下，有時候是不是該適時地止住自己容易衝動，以及總是太輕易就相信別人的個性。在這個世界上，有時候，過度的良善反而會被狠狠傷害。

那個晚上，我睡得並不好，做了一整個晚上的夢，燦燦跟勤美的臉，不斷地在夢境裡交替出現，有時是燦燦眉頭深鎖的表情，有時是勤美潸然落淚的神態，不管是哪一個畫面，都是一樣地哀傷。

我的心情一直被那個夢牽扯住，以致於隔日醒來時，心裡還籠罩著濃濃的憂慮。勤美的情緒倒是恢復得很快，去寶哥店裡看到她時，她正笑得開心地跪在高腳椅上，上半身趴在吧台上，跟吧台裡的梓寧不曉得在聊些什麼。講著講著，兩個女生就突然哈哈哈地大聲笑起來。

那天是小週末，每到小週末的晚上，店裡總是比平常還要忙。整個晚上，客人來來去去，我跟勤美也不斷穿梭在客人與餐桌之間走來走去，走到腿都快斷掉了。

八點半後，我們終於比較空閒，勤美偷閒地躲到吧台後面，坐在一顆西瓜上按摩自己的腳。

「小心，不要坐爆了寶哥的西瓜。」我挨到她身邊去。

「我沒那麼重好嗎？」勤美瞪了我一眼。

我只是微笑，沒接話。昨晚睡不好，今天又被操到快死掉，我已經累到連說話的力氣都快沒有了。

「我的腳快殘廢了，還好不是每天都這麼累，要不然我一定會英年早逝。」

勤美的話讓我瞬間爆笑出聲。

「有那麼好笑嗎？」勤美睨了我一眼，「你的笑點好低喔。」

我依然只是笑，沒接話。

「喂，你今天怪怪的耶，幹麼都不講話？這不像你平常的作風呀。」

勤美突然把臉湊到我面前來，距離之近把我嚇得連忙後退，忘記背後是一大片牆，於是我的後腦杓就這樣硬生生撞上我身後那片牆，發出好大的一聲撞擊聲響。

「喔，好痛……」我撫著頭，痛到眼淚都飆出來了。

「啊！」勤美被我這舉動嚇住，兩秒鐘之後，又馬上恢復鎮定。

她迅速地起身，從貯冰槽裡抓出幾塊冰，放進塑膠袋綁好，再用小方巾包上，然後放在我後腦杓上。

「如果腫起來那就麻煩了。」勤美的表情看起來好像有點擔心，說著，「我不知道我這樣會嚇到你，對不起喔。」

「沒關係，不礙事的啦。」我扯著嘴角努力微笑，試圖想讓勤美放心。

「真的沒關係嗎？」勤美依然擔心，她伸出兩根手指頭舉到我眼前晃晃，「你說，這是幾根手指頭？」

我當場差點瘋掉。

「不要玩這麼無聊的遊戲，好嗎？」我無力地送給勤美一個大白眼。

「喂，我不是在跟你玩耶，我是認眞的，萬一你這一撞就撞成白痴，那我要怎麼辦？我沒有錢可以賠給你家人，也不想委屈自己以身相許啊。」勤美認眞地說。

「萬一妳眞的以身相許，那委屈的人應該是我吧！」

我這話一說出口，馬上遭到勤美的瘋狂流星拳攻擊，我一時之間閃躲不及，白白挨了好幾下拳頭。

新痛加上舊傷，我不禁在心裡哀悼自己悲慘的人生，怎麼遇到的女生都這麼粗暴，我好可憐……

跟勤美吵吵鬧鬧過後，原本已經陰鬱了一整天的心情，突然晴朗了不少。

下班時，我跟勤美步行走到員工停車場要牽車時，我邊走邊在心裡琢磨，最後終於還是開口詢問勤美，「燦燦她……還好嗎？」

「啊？」勤美裝傻地說：「什麼好不好的，不就是這樣？」

勤美說著話時，眼睛並不敢直視我，雖然她極力想做出若無其事的表情，卻有一絲淡淡的憂傷蒙在她臉上。

勤美的態度很明顯地表示她不想多說，所以我也只能適可而止。

我們兩個人就這樣沉默地走著，直到停車場。

當勤美發動機車準備要離開時，我想都沒想地就叫住她。

我走到勤美面前，「勤美，我只是要讓妳知道，我也是燦燦的朋友，也想要關心燦燦，她並不是一個人，她還有我們，就只是這樣。」

我的口氣很輕，但語氣很堅定。

勤美的眼眶迅速地紅了，她定定地看了我幾秒鐘之後，哽著聲音說：「阿莫，有些事，即使我們再怎麼努力，最終還是只能無能為力地放棄，以後你就會知道了……」

燦燦，妳說這個世界充斥著太多讓我們無能為力的事。而妳，就是我最大的遺憾。

✕

接下來好幾天，勤美跟我都很有默契地不再談論任何跟燦燦有關的事。

儘管我還是無法理解，關於勤美那天晚上對我說的那些話，背後的真實意義到底是什麼，不過很多事，我明白，在那個時間點的當下，是無法用任何言語或文字去說明的，總是要歷經過，當你再回過頭來看時，便什麼都清楚了。

所以我一直在等待，不管結果是好是壞，都會傻傻地等待著。

這些天，我異常地想念著燦燦，不過，她卻像是海面上的泡沫，短暫地出現過，瞬間又消失無蹤。

這幾天裡，日子不好不壞地過著，我也不好不壞地活著，每天周而復始地過著一成不變的生活，沒什麼多大的起伏。

有時我難免會這樣想著：也許，這就是我的人生，平平淡淡，沒有大起大落的快樂或悲傷。

但是我知道，平凡，也有炫爛的光彩。

我要的，不是光彩奪目的生活，細水長流也是一種平凡的哲學。

這大概就是朝陽常常說的消極吧！朝陽總說我是個消極的人，不管面對什麼事總不積極地得過且過，走最安全的路，做最安全的事，偶然的小小叛逆也只是一時的三分鐘熱度發作，無法持久。

我無法否認，但性格是與生俱來，我覺得這樣很好，並不想有所改變。

我以爲日子大概會一直這麼平淡地持續下去，直到暑假結束。然而，我卻在七月的最後一個週末，在去咖啡店上班的途中，意外遇到獨自一個人站立在街頭，望著玻璃櫥窗發呆的燦燦。

燦燦並沒有發現我，兀自專注地盯著櫥窗看。我順著她的目光看過去，只看見一件米白色雪紡紗公主袖短裙連身洋裝。

「嗨，燦燦。」我盡量壓低音量，不希望嚇到她。

不過顯然並不成功，燦燦還是因爲我突如其來的聲音微微一怔。

「嗨，阿莫。」她一回頭，看見是我，馬上在臉上堆起燦爛笑容，一如純眞無憂的小孩。

「在看什麼？」

「那件衣服。」燦燦指著櫥窗裡那件米白色洋裝，淺淺微笑，「很漂亮吧？」

「嗯，很漂亮啊，燦燦穿起來一定很好看。」

燦燦聽我這麼說，原本燦爛的笑容略略僵了僵。

「我、我穿短裙不好看。」燦燦垂目斂眉的模樣，看起來楚楚可憐。

「怎麼會？」我看過燦燦穿制服的樣子，印象中她的小腿非常勻稱，我想她的大腿也不會胖到哪裡去，穿短裙應該非常好看才對。

「眞的。」燦燦的表情十分認眞，「而且我也沒勇氣穿。」

燦燦一說完，又是燦然一笑。然而，我卻瞥見她眼中一閃而逝的寂寞，像是某種龐然的憂傷，自她刻意隱藏的情緒裡，不經易地流洩而出。

「有時候看見其他女生穿著好看的短裙，開開心心地勾著朋友的手，興高采烈地聊著笑著，蹦蹦跳跳地洋溢著青春活力，都會覺得好羨慕喔。」燦燦抬起眼看我，但她的眼光卻越過我，看向另一個更遙遠的方向，一個我大概一輩子也無法到達的遠方。

「不過這也是沒辦法的事囉，對吧？每個人都有自己的人生，雖然心裡仍有些羨慕和嫉妒，我還是得要接受跟喜歡我自己的人生，因爲這才是我應該走的路呀，只要把它走得精彩充實就好了，對不對？」

燦燦嘴角那抹淡淡的笑容，怎麼看都不開朗。她的聲音又輕又柔，像在說著什麼故事般地揚著好聽的旋律，我卻怎麼樣也聽不懂燦燦話裡的意思。

「啊，對了，阿莫今天不用打工嗎？」

見我沒再搭腔，燦燦又揚著笑開口探詢，一雙好看的靈活大眼骨碌碌地盯著我看。

「呃……有、有啊，等一下要去咖啡廳了。」

燦燦露出羨慕的表情，「好好喔，我也好想去打工，那種經驗一定很棒很棒。」

「才怪，有時會累到想死掉呢，燦燦妳還是不要來好了，那不是人做的工作。」

聽我這麼說，燦燦沒有馬上回應我，只是安靜地笑，盯著我望了幾秒鐘後，才低下

頭，用像是自言自語的語氣，輕聲地說：「就算會累死，這也是一種人生經歷，不是嗎？我還是很羡慕你們可以用力哭、大聲笑的人生，可以認識很多人，可以體驗很多感受的彩色生活。」

燦燦的話讓我完全不知如何反應，只能拿傻愣愣的表情，呆呆地望著她。

在街角跟燦燦道別時，我要燦燦有空多到寶哥店裡來坐坐，來看看勤美或我都好，我還可以烤好吃的厚片吐司請她吃。

「哇，眞的嗎？」燦燦像聽見什麼好消息般漾開笑容，「你人好好喔，阿莫，我光想到你說的好吃的厚片吐司，口水就快流下來了。那先說好喔，下次如果我去，你要請我吃巧克力口味的厚片吐司喔。」

「燦燦喜歡吃巧克力口味的？」

「嗯。」燦燦用力地點頭，露出孩子般的笑，「因爲甜甜的，吃了心情就會變很好呀，就像今天偶然間在這裡遇到阿莫一樣，都能讓心情飛得高高的，壞情緒一下子就全都跑光光了喔。」

燦燦時而憂鬱、時而開心的笑容，同樣令我目眩神迷，像被某種奇妙的情緒牽動一般，我的心情在那短暫的片刻間，完全地爲她而悸動。

然後那一天，我整個人的情緒，就這樣被燦燦下午所講的那番話牽制住，一整個晚上精神完全不能集中，整個腦袋裡都是燦燦的模樣，還有她那些充滿憂鬱氣息的言語，以致於那些被寶哥視爲寶貝的雪白瓷盤，硬生生被我打破了好幾個，寶哥也因此差點心臟病發作，直搖頭嘆氣。

八月放榜了，勤美考上中部的學校，我居然意外地跟燦燦一起考進南部的同一所大學，變成名副其實的同學。而飽受網戀打擊的朝陽，則被流放到花蓮去。

「有什麼關係？花蓮很好啊，好山、好水、好睡覺。」我擔心朝陽到花蓮去會水土不服，她倒是一派樂天。

「有空要記得回來看我們。」我憂心忡忡，一想到跟我朝夕相處十二年的夏朝陽，這會兒要遠赴花蓮去念書，不曉得爲什麼，突然很不能習慣。

沒有朝陽在我耳邊吱吱喳喳，沒有她總是笑得很吵鬧的聲音，我覺得我的世界彷彿就要失聰了。

「幹麼講得像要生離死別一樣？」朝陽沒辦法體會我的多愁善感，依然揚著我熟悉的豪氣語調說著，「安啦安啦！有空我會打電話給你啊，而且現在網路多方便，我們還可以用msn視訊聊天呢。」

雖然朝陽這麼說，我仍感覺到體內似乎有一塊東西就要從我的身體裡剝離了，就像缺了一角的圓，即使失去的那一角面積再怎麼小，但失去就是失去了，無法再完整。

跟朝陽相處這麼久以來，她宛如我生命裡的一部分，現在忽然要分隔兩地，總有些心痛與不捨。

這樣的情緒我終究沒對朝陽說，怕她笑我又不是賈寶玉，幹麼學人家喜聚不喜散。

勤美跟我的辭呈是同時遞上去的，寶哥並沒有爲難我們，他只希望我們放長假時，有空還能回來幫幫他的忙，反正他的店忙的時間點，主要也就是假日跟寒暑假期間。

梓寧就沒有寶哥豁達了，她一聽到我要離職，一張笑著的臉馬上垮了下來，得知勤美也要離開，眼淚馬上迸流而出，前後不到三秒鐘，實在很戲劇性。

「怎麼你們都要走了啦？」梓寧一雙眼哭得通紅。

我不知道該說些什麼話來安慰梓寧，只好把問題丟給勤美。

這些日子相處下來，勤美跟梓寧變成很好的朋友，兩個人有時還會一起去逛街血拚，有好幾次，她們兩個人甚至穿著姊妹裝來上班。

「喂，妳去處理一下吧！」我對勤美使眼色。

「爲什麼是我？」勤美一手拿著抹布，一手拿著高腳杯，睜大了眼睛看我。

「因爲那是妳麻吉呀！」

「她跟你的交情也不錯啊，而且我們兩個人是要一起離職，說起來，你也是禍首之一耶。」

「總之交情不同啦！」我搶過勤美手上的抹布跟高腳杯，催促她，「妳趕快去處理就對了。」

梓寧被勤美拉到員工休息室去，兩個人密談了將近二十分鐘後，終於走出來。

「看來是所託非人了。」我對勤美搖頭嘆氣。

「有什麼辦法？她就像顆頑石，點都點不開。」勤美也跟著我嘆氣，「我都講到口乾舌燥了，她還是聽不進去。怎麼會有人這麼死心眼的？」

於是我們兩個人只好繼續看著梓寧兩眼紅紅的白兔眼，無可奈何。

最後還是曉雯姊出面，才讓梓寧的眼淚不再廉價。

八月二十八日，寶哥特地公休一天，幫勤美跟我辦歡送會。

本來是歡愉的氣氛，怎知大家幾杯雞尾酒喝下去後，就開始感傷起來了。

梓寧準備了兩個禮物，一個送我，一個送給勤美。

給我的那個禮物是我一輩子也用不到的菸灰缸，而且造型很詭異，是一個人體肺部形狀的菸灰缸，我覺得那東西一點也不實用。

「送我這個幹麼？」我拿起菸灰缸左看右瞧。

「這個很特別。」梓寧笑著說：「我示範給你看。」

說完，梓寧就跑去找寶哥了。而我依然拿著菸灰缸仔細觀看，怎麼也看不出來它有什麼特別的，只覺得很醜。

不一會兒，梓寧又跑回來，手上拿著一根香菸。

「你看喔。」梓寧把手上的香菸舉高給我看，然後把我手上的菸灰缸拿過去，將香菸頭靠在肺部形狀的菸灰缸上，結果菸灰缸居然咳嗽了。接著，她又把香菸頭壓在菸灰缸裡，菸灰缸竟然放聲尖叫。

我看得目瞪口呆，而梓寧則笑得很得意，又把菸灰缸遞還給我。

「怎麼樣？很特別吧！所以這是一個有警告作用的菸灰缸喔，它的用意是要提醒你，吸菸有害健康。」

「可是這個我一點也用不上啊，我又不抽菸。」

「說不定你以後就會用到了啊！」

「妳又知道了？」

「唉呀，以後你談戀愛就知道了嘛，電視劇裡，很多男生都嘛是談戀愛之後，就開始會抽菸了啊。」

這個人小鬼大的傢伙！

結果重頭戲在後面。

梓寧要送給勤美的禮物，是一瓶裡了大約有上百隻紙鶴的玻璃瓶，五顏六色的小紙鶴在瓶子裡振翅，卻無法飛翔。

「勤美……」梓寧才一開口，就哽咽了。

她這一哽咽可不得了了，勤美被她臉上的悲悽逼出眼淚來，成了整個晚上第一個哭的人。

勤美一哭，梓寧的眼淚也止不住了，兩個人一把鼻涕、一把眼淚地邊哭邊說著什麼珍重再見，要常保聯絡之類的老梗詞句。

結果原本是歡喜熱鬧的氣氛，瞬間變得感傷起來。

寶哥那傢伙最不上道，一看大家開始依依不捨了，就趕緊跑去播放催淚的抒情歌，結果弄得大家更難過，連我都差一點要哭出來。

整個歡送會進行到晚上十一點多才結束，最後我被寶哥指定，要送已經哭到眼睛瞇成一條線，外加才喝三杯雞尾酒，就已經走路走得東倒西歪的勤美回家。

「我警告妳喔，妳千萬不能吐在我身上喔！」我邊騎車，邊義正詞嚴地提醒坐在我身後的勤美，「妳酒量眞的很爛耶，才喝三杯雞尾酒就醉成這樣，不會喝就不要喝嘛，跟人家逞什麼英雄啊！」

「阿莫，你眞的很囉嗦耶……」勤美說完，還打了一個大大的酒嗝，實在有夠誇張的，才三杯雞尾酒，居然還能打酒嗝。

「明天妳睡醒就知道什麼叫樂極生悲了，哼。」竟然還嫌我囉嗦，等妳天亮醒來，頭痛到要爆炸時，妳就知道我幹麼這麼囉嗦了。

「阿莫，你可以答應我一件事嗎？」勤美整個人像洩氣的皮球一樣地癱在我背後，聲音很輕很虛弱，像就快要睡著一樣。

「喂，方勤美，妳千萬不可以睡著喔！」我有些擔心地叫著。

勤美完全不理會我在說什麼，自顧自地接著說：「你可以幫我照顧燦燦嗎？」

在我還來不及回答任何一句話的同時，勤美突然「嘔」了一聲，接著，我的背後瞬間溼了一片……

我知道……我知道那是什麼……

「方、勤、美！」

燦燦，妳說沒有任何一段愛情可以至死不渝，除非在戀愛的當下，生命驟然終結。

上了大學，就像突然被拉進萬花筒裡的世界一樣，我原本單調灰白的生活，開始有了繽紛的色彩。

一切都是新的，新同學、新學校、新生活……一開始，我有些難以適應，像被禁錮了許久的鷲鷹，渴望重回藍天的懷抱，卻在得到自由後，遺失了飛翔的能力。

我很懷念朝陽在我身邊的日子。

不過朝陽很忙，她忙著參加學校的舞會跟迎新活動，忙著認識新朋友，忙著參加社團跟聯誼，忙到有時我打手機給她，她都沒空接，也沒回。

寫了好幾封email向她抱怨，她依然無動於衷，連一封信也不回給我。

有一次接近深夜時，我打電話給她，好不容易電話接通，我當場開心得差點大叫。

「喂？」朝陽的聲音壓得低低的，像躲在棉被裡偷講電話一樣。

她告訴我她室友全都睡了，她差不多快睡著時，沒想到手機就響了。

「怎麼了？這麼晚怎麼還不睡？」朝陽的語氣透出關心的聲調。

我跟她說我很想念她，而且好像患了新生活適應不良症。

「怎麼會適應不良呢？大學生活很棒啊，每天充滿驚喜，十分充實呢。」朝陽說這話時，她人已經走出寢室門外，聲音也恢復成正常的音量。

我不知道該怎麼向朝陽解釋我的症狀，只是覺得如果我有朝陽十分之一的樂觀天性，也許我就不會適應不良了。

朝陽一直勸我要試著放開心胸去接受新的生活，不能再用以前的生活方式過日子，要積極一點，人生才會變得精彩。

我總感覺，在朝陽面前我像個透明人，心裡有什麼事，全都逃不過她的眼睛，即使是相隔了三百八十公里的距離，她依然能清楚我心裡的種種想法。

收線之前，朝陽問我有沒有在校園裡遇到燦燦。

「沒有。」我說。

我想，文學院跟理工學院，基本上並不可能會有太頻繁的交集，所以碰面的機會也理所當然地少之又少。

「如果你有遇到她，記得幫我問問她的手機號碼或mail，好不好？」

「妳可以問勤美啊。」我靈光一閃，連忙提議。

「勤美的手機換了，我沒有她新的號碼，你有嗎？」

「開學前，她有給我她的號碼，不過我好像抄在家裡的電話簿上，下次我回家時再找看看好了。」

那一夜，我睡得十分沉，彷彿連日來的陰鬱心情，終於撥雲見日了一樣，有那麼一瞬間，我深深地覺得，夏朝陽，也許就是我的朝陽。

「晚上系上辦迎新舞會，你要不要一起來？」

上完下午的兩堂課，我才一腳踏進宿舍裡，阿邦的聲音就傳來。

阿邦是我的新室友，他跟我一起租下一層小公寓，有三間房間、兩套衛浴和一個廚房，房租不算貴，屋裡還有冷氣、電視、洗衣機跟冰箱，最重要的是，不用跟別人擠一個房間。

阿邦很熱情豪爽，長得也很帥，一米八的身高，小麥色的肌膚，笑起來時，給人一種明亮開朗的感覺，我想，他就是大部分女生心目中夢中情人的樣子吧。

我正想開口拒絕，阿邦又說話了。

「走啦走啦，你總不能一直當個宅男吧！」

宅……宅男？阿邦說我是宅男？

阿邦接著說：「之前好多次迎新活動你都沒去，這個舞會是今年度最後一個為我們這些新生舉辦的迎新舞會了，再怎麼說，你都沒有理由錯過，不然就像大學生活有個缺角，以後就算你參加再多的迎新舞會，也補不了這個缺角的。」

於是，我就這樣被阿邦架去舞會現場當壁虎。

活動現場很熱鬧，但是，震耳欲聾的音樂卻把我逼得無地自容。

此刻我的心情是很複雜的，就像突然被丟到一個陌生的異次元空間，我手足無措到連呼吸都不怎麼順暢，心臟隨著低沉環繞的音樂鼓聲，不斷在胸口突突躍動，難受得讓我有一點反胃。

阿邦就沒有我這些雜七雜八的症頭了，這裡的場面和氣氛，簡直像是爲了他而設計的，看他如魚得水般地穿梭在舞會的各個角落裡，我覺得自己根本就是來錯了地方。

「阿莫！」正想偷偷逃離現場，卻在門口被一個聲音叫住。

我回頭一看，竟然看見燦燦。

「啊！燦……燦燦？」比起燦燦，我的驚愕並不亞於她。

「你要去哪裡？」燦燦似乎比暑假時更清瘦了一點，不過，整體上看來精神倒是還不錯，也依然亮麗耀眼。

我用食指比比外面，「去透氣。」

「那一起去吧。」燦燦抿著嘴笑，「我也快不行了。」

我們找了個有台階的地方席地而坐，燦燦身上淡淡的沐浴乳香氣輕輕飄過來，給人一種很舒服的感覺，就像她的人一樣。

「裡面好吵喔。」燦燦略略皺眉，「眞後悔答應室友一起來。」

燦燦話才一說完，我就笑了。

「阿莫你笑什麼？」燦燦無法理解我突如其來的微笑。

「因爲妳說中了我的心聲呀。」我望著燦燦狐疑的表情，繼續笑著，「我也是被我室友拉來參加舞會的，可是裡面的世界好像不是我可以涉足的異次元，所以一直沒辦法融入，哈！」

「那你等一下還要進去嗎？」

「應該不會了吧！」我搖頭，「裡面的氣氛不適合我，而且我肚子也餓了。」忙了一整個晚上，我以爲舞會現場會有什麼熱食之類的東西可以吃，所以空著肚子就這樣被阿邦拉來，來了之後才發現原來什麼也沒有，就只有讓人喝到飽的雞尾酒。

「太好了！」燦燦突然開心起來，「我正愁沒人陪我去吃飯耶，阿莫，你介不介意順便帶我去吃個晚餐？」

我想，會拒絕跟美女共度晚餐的人，不是笨蛋就是傻瓜。

爲了證明我是個有智商的人，所以我很爽快地答應燦燦的邀約。

「那就去夜市吃臭豆腐吧！」燦燦揚著興奮的語調說。

「啊？」我以爲我聽錯了。

「吃臭豆腐啊。」燦燦怕我沒聽清楚，又重複了一次，「臭、豆、腐，就是那種聞起來很臭，但是吃起來很香的臭豆腐啊。」

「我、我知道那是什麼。」

我可是土生土長的台灣人耶，怎麼可能不知道臭豆腐是什麼？只是，我再怎麼樣也沒有辦法把臭豆腐跟晚餐畫上等號。

夜市裡，川流不息的人潮，給人一種歌舞昇平的錯覺。

「好熱鬧喔。」燦燦緊抓著我的衣袖，好像深怕一個不留意，我們就會被人群沖散開似的。

我一邊護著燦燦，小心翼翼地不讓她有任何被人撞到的機會，一邊跟她閒話家常。

「所以，勤美現在適應得還不錯囉？」聽到勤美的近況，我總算有些放心，至少知道她過得還不錯。

「嗯。」燦燦點點頭，咬了一口剛送上桌，還冒著熱氣的臭豆腐後，口齒不清地說：「啊，好棒喔！好懷念這個味道，我已經有好幾年沒吃臭豆腐了耶，眞好。」

燦燦的眼睛澄澈清明地閃著靈秀的光芒，而她的一番話也讓我很好奇。

「爲什麼？」我問。

後來我很後悔自己幹麼要這麼多事地向燦燦提問！

也許這個世界上有很多事情，只要我們不知道，也就沒有所謂的傷心與難過了吧，我想。

燦燦，妳說對於愛情，我們忍耐與放棄的已經太多太多了。

✕

「我有病。」燦燦的聲音夾雜在夜市的鼎沸人聲中，卻格外清晰地傳進我耳裡。燦燦的眼睛雖然看著我，但她眼裡的世界卻像一道孤絕的深淵，是我無法探尋的境地。

「七歲那年生病後，家人就特別注意我的飲食，所以很多東西，我都只能靠著記憶來回味它的味道，就算有時想要叛逆一下，偷吃幾口，但家人擔心關切的表情，不知道為什麼，總會在關鍵時刻突然從我腦裡蹦出來，所以終究還是會要自己乖乖地聽話，不想再讓大家替我擔心了。」

儘管燦燦說話的語氣已經極盡雲淡風輕，我心裡的震撼卻猶如瞬間崩塌的天地，劇烈而龐然。

「燦燦妳……」我很想開口說些什麼，但是才一出聲，那些關懷安慰的字句，卻全都哽在喉頭，吐不出來。

「咦，阿莫你相信喔？」下一秒，燦燦已經重新將眼光定在我身上，有一朵笑容慢慢從她臉上綻開來，釀成蜜一般的微笑，「阿莫你眞好騙耶。」

燦燦淘氣的表情讓我有點挫折，我還陷在她方才那些話的悲傷裡，她卻已經露出整人成功的開朗笑容。

「喂，我很當眞耶。」我揚聲抗議。

「唉呀，對不起對不起嘛！」燦燦向我行童子軍禮，再三道歉。

「下次不要再開這麼無聊的玩笑了。」我鄭重警告，「不然我要生氣了喔。」

燦燦嘟起嘴，鼓起腮幫子看了我幾秒鐘後，終於棄械，「好啦好啦。」

我這才發現，原來在我印象裡，一向溫婉恬靜的燦燦，也會有淘氣俏皮的一面。

我發現我好像還挺喜歡這樣子的燦燦。

那是我所認識的，新的燦燦。

對於大學的社團，我始終有幾分憧憬。

聽說康輔社很不錯，舉辦的活動不斷，是認識外校美眉的好社團，所以我很嚮往。

又聽說籃球社很不賴，會和外校的社團進行友誼賽，有不少可以順便認識別校女生的機會，所以我很心動。

再聽說國標社福利好，跳舞的女生身材都很不錯，有些跳國標舞的學姊長得還很漂亮，所以我很期待。

只是……只是……無論如何，我也想不透我怎麼會被燦燦的三寸不爛之舌說服，最後加入了慈幼社。

「那是什麼？」第一次聽燦燦向我提起慈幼社時，我完全沒有概念。

「一個能讓你心靈得到充分淨化的社團。」燦燦的嘴角微微上彎，她眞是個適合微笑的女生，笑起來的樣子很純眞，像個孩子。

「它的社團宗旨是什麼？」

「幫助人、幫助人、幫助人。」

「那是什麼？」我滿頭霧水。

「總之，就是幫助我們可以幫助的人。」

「喔……」我沒有燦燦那種過盛到幾近氾濫的愛心，所以，對慈幼社也沒有多大的興趣。

「阿莫，那是個很棒的社團耶，它可以讓你體會到什麼是助人爲快樂之本的道理，它還可以讓你感受到施比受更有福的幸福感……最重要的是，它可以幫你消業障、積陰德、庇佑你的子子孫孫……」

燦燦繼續滔滔不絕地說著，比傳教士還要虔誠。

自從那天起，燦燦三天兩頭來找我，而且很努力地幫慈幼社招募我這滴新血。

幾天之後，我終於屈服在燦燦的耐心和堅持中，塡完入社表格，正式成爲慈幼社裡的一員。

「你最近都在忙什麼？怎麼常常不見人影？」

有一次我回到宿舍，才剛打開大門，就撞見坐在客廳裡看電視的阿邦。他一見我回來，便開口問我。

「忙社團。」我有些哀怨，有一種被燦燦騙去的感覺。自從加入慈幼社後，社裡就一直雜事不斷，我想，搞不好我還沒消到業障或積到陰德，就會先過勞死了吧！

「咦？你有參加社團啊？」阿邦露出意外又狐疑的表情，「你是什麼社的？」

「慈幼社。」

「哇！你這麼有愛心？」阿邦大叫。

「還……還好啦！」我怎麼敢跟阿邦說我其實是被拐進去的呢？那一定會被笑掉大牙的。

想當初，我們兩個人還一起熱烈討論過幾個可以多認識美眉的社團，信誓旦旦一定要挑一個能夠接觸到最多美眉的社團來參加。結果，阿邦到現在半個社團也沒參加，我更慘，被拉進充滿愛心，卻沒有半個美眉（如果燦燦不算在內的話）的社團。

「怎麼樣？慈幼社好不好玩？裡面美眉多不多？」阿邦滿臉漾著色瞇瞇的可怕笑容，黝黑的瞳孔則散發出餓狼驚見獵物般的熠熠光芒。

見我哀怨地搖頭後，阿邦又不死心，「是不好玩，還是沒有美眉？」

「以上皆是。」我嘆了口氣。

「這麼慘？」阿邦不相信地望著我，「那你當初幹麼要入社？」

「就……就被……被朋友拉進去啊！」我也很不願意好嗎？

「這樣喔！那……」阿邦拍拍我的肩膀，對我露出一種「你要堅強」的詭異笑容，「阿莫，加油！」

「加油個屁啦！」我瞪他，他的表情看起來充滿看好戲的興味，怎麼看怎麼討人厭。突然，有個念頭乍然閃過我腦海，下一秒我已經抓住阿邦的手臂，臉上也瞬間塞滿討好的笑容，「阿邦阿邦，不如你也來參加慈幼社吧！」

「我不要！」阿邦想都不想就直接拒絕，順便甩開緊緊被我抓住的那隻手。

「喂，你到底是不是我哥兒們啊？」我揍了他一拳，不滿地說：「連幫個小忙都不要。」

「不是不要，是沒有誘因！」

「怎麼會沒有誘因？加入慈幼社好處多多呢！那是一個能讓你的心靈得到充分淨化的社團，它可以讓你體會到什麼是助人為快樂之本的道理，它還可以讓你感受到施比受更有福的幸福感……最重要的是，它可以幫你消業障、積陰德、庇佑你的子子孫孫……」我把燦燦的台詞拿出來用。

「沒有美女就沒有誘因。」阿邦完全無動於衷。

「怎麼會沒有美女？」我迅速坐到阿邦身旁，睜大眼看著他，為了不讓自己因過勞而英年早逝，我決定把燦燦是美女的訊息透露給阿邦知道，「我跟你說啊，我們社裡有個很漂亮的女生喔！她的名字叫燦燦。你知道她有多漂亮嗎？大約就是像古代的西施或是貂嬋那種漂亮法喔！」

「眞的嗎？」

食色性也。古人說得眞好！阿邦聽我這樣說，一雙眼睛馬上像通上電一樣，瞬間閃閃發亮。

「當然是眞的！我騙你幹麼？」

對不起啊，燦燦！我是不得已才拿妳當誘餌的，不過妳放心！我一定會努力保護妳，不會讓阿邦吃了妳的。

阿邦的笑容緩緩地自他的嘴角擴散開來，綻成一朵燦爛的笑。

然後他拍拍我，用四平八穩的語調對我說：「我聽你在唬爛！」

話說完，阿邦迅速從沙發上站起來，完全不給我辯駁的機會，「如果那個燦燦眞的有你說的那麼漂亮，那你不會自己去追她？肥水不落外人田這句話我不會不明白，要是她眞的是肥水，那你就把她留在你自己的田裡吧，不必流到我這裡來沒關係，我還沒有缺女朋友缺到連自己哥兒們欣賞的女生都要覬覦的地步。」

阿邦轉身就往自己的房間走去，然後在我的怔忡中，「碰」地一聲關上房門。

唉！居然連祭出燦燦這枚殺手鐧都沒有辦法成功引誘到阿邦，看來我還得認命地繼續在苦海裡載浮載沉了。

燦燦，妳說喜歡一個人，就該有放手一搏的勇氣，我想我是明白的，卻沒有勇氣。

✕

然而，兩個星期後，我卻在社辦撞見興沖沖跑來入社的阿邦。

「阿……阿邦？」我以為自己眼花了，掐了掐阿邦硬邦邦的手臂後，確定自己不是在作夢，然後滿心的感動。這個阿邦啊……果然還是很夠義氣的。

我用力地抱了抱他，正想跟他說幾句感人肺腑的感謝詞，感激他終於還是顧念兄弟情地跑過來幫我的忙，使我免於英年早逝的命運時，卻被阿邦死命推開。

「死阿莫，你幹麼這麼噁心！」

「因為我太感動了嘛！」

「感動個屁。」

「你這麼重義氣，我當然要感動。」

「重什麼義氣？」

這個三八阿邦，人都跑到慈幼社的社辦來入社了，還故意跟我裝糊塗！

「喂，再裝就不像了啦！」我用力地捶了他的肩膀，笑得燦爛。

「裝什麼啦？你又不是不知道我直來直往，是有什麼說什麼的人，我在你面前要裝什麼？」阿邦瞪瞪我，然後眼睛越過我，朝我身後望了一眼，低聲說：「喂，那個坐在那邊吃便當的女生，是不是你說的燦燦？」

我回頭看了一下，對阿邦點點頭，「對啊，怎樣？」

「靠！很正耶，你怎麼都沒跟我說？」阿邦用力地朝我的手臂捶了一記。

「我哪裡沒說了？是你自己不相信啊。」

「噓噓噓，小聲一點啦！」阿邦拉住我的手，把我往社辦外面拖，走到門口才又說：「我那時候以為你騙我的嘛。」

「我騙你幹麼？騙你又不會比較好命。」

「要是我知道她這麼正，一定馬上跑來入社。」

說半天，原來阿邦入社的原因根本不是顧念我們生死相交的兄弟情，而是為了燦燦啊！

「要是我知道你這麼沒心沒肺，一定不會讓你知道燦燦的存在。」我瞪著阿邦，內心的感動瞬間灰飛煙滅。

「幹麼這樣啦！」阿邦推推我的肩，「好歹兄弟一場嘛，有美女就互通有無一下，看看賞心悅目也很好啊，是不是？」

「好個屁啦。」有異性沒人性的傢伙！

「喂，阿莫。」阿邦將嘴湊到我耳邊，「她有沒有男朋友？」

「幹麼？」

「沒有啦，我是想，這麼漂亮的女生，身邊如果沒有護花使者，不是很可惜嗎？」

「所以你想當她的護花使者？」我睨著阿邦瞬間通紅的臉，明白一切。

「唉呀，你幹麼那麼直接啦？不過……那個……嘿嘿……」阿邦搔搔頭，露出難得一見的靦腆笑容，「……對、對啦……」

「那我幫你問問。」說完，我轉身就往社辦走進去，卻在跨出第二步腳步時，被阿邦拉住手往回拖。

「阿、阿莫，你不要這麼猴急嘛！」阿邦臉上的一陣羞紅還沒消退，反而有愈來愈紅的態勢。

見我不說話，一直看著他，阿邦又搔搔頭，然後有些結巴地開口，「我……我是說……那個，大家都還不熟嘛，現在突然問她這麼尷尬的問題，會……會嚇跑她啦，追女生嘛，本來就要慢慢來，欲速則不達啊……」

「唉呀，原來我們阿邦也懂得欲速則不達的道理呀！」我逮住機會挖苦他。

「當、當然懂啊，女生都是靠感覺談戀愛的嘛，要追女生就要用滲透的方式，漸漸滲透進她的生活，潛移默化她的感覺，這樣才能手到擒來，一舉成功呀。」

「這樣啊！那你就慢慢滲透吧。」

就這樣，阿邦成功地滲透進我們慈幼社，而且只要他一有空，就會直接往社辦跑，連午餐時間也不例外。

阿邦長得帥，講話也幽默，又對女生超體貼，經常會說一些甜蜜蜜的話討女生開心。我偷偷觀察過幾次，社辦裡有好幾個女生，只要跟阿邦站得近一點，或是因爲社團裡的事務而跟阿邦多講幾句話，就會忍不住臉紅，滿臉掩不住的歡欣。

不過有幾個人例外，燦燦也是其中一個。

「喂喂，阿莫阿莫……」

有一次社團開完會，燦燦說口渴，邀我到學校對面簡餐店喝果汁，我們前腳才從社辦後門走出來，阿邦後腳馬上跟上來拉住我，「去哪去哪？我也要去。」

我一眼就洞悉他的不懷好意。

「口渴，要去學校對面喝果汁，阿邦你要一起去嗎？」

良善的燦燦總是很單純地相信身邊的每一個人，完全沒有危機意識。

「好哇好哇！」阿邦邊說邊擠開我，站在燦燦身邊，笑得合不攏嘴，「我正好也口渴了呢。」

雖然我明白阿邦的企圖，不過再怎麼說，他也算是我的兄弟，在這個節骨眼上，我也不便拆穿他的計謀，只好趁燦燦不注意的時候對他使使眼色，要他別太超過，要是嚇到燦燦，我肯定會揍扁他。

阿邦也不斷地朝我使眼色，警告我別壞了他的好事，萬一害他把不到妹，他肯定不饒我。

後來那天晚上回到宿舍，阿邦果然在客廳攔住我，直接跟我攤牌。

「阿莫，我李彥邦是當你是哥兒們，所以才跟你實話實說喔！你老實告訴我，你到底有沒有喜歡燦燦？」

阿莫的話確實讓我的腦袋空白了那麼幾秒鐘，我在心裡琢磨著阿邦的話，還有自己對燦燦的感覺。認識這麼久，喜歡是一定喜歡的呀，只是，我分不清楚自己對燦燦的喜歡是哪一種喜歡，也許是朋友的喜歡多一些吧。

「喜歡啊！」大約十秒鐘後，我聽見自己的聲音，然後在阿邦臉色瞬間轉爲鐵青時，緩緩地說：「朋友的那一種。」

阿邦表情大悲大喜的轉變速度，簡直令我嘆爲觀止。

「阿莫，我果然沒有錯看你！」阿邦用力地拍拍我肩膀，大笑，「你眞的是我的好哥兒們，哈哈！」

「我的確是啊，跟你比起來，我是很重義氣沒錯！」我說：「我可不像某人加入慈幼社是爲了把妹，從沒想過要去拯救身陷水深火熱的弟兄。」

「喂，阿莫，你不會這麼小心眼吧？」阿邦故作嬌態地推推我，他撒嬌的樣子看起來超變態。「你忘了當初我們兩個人的目標就是要加入有美眉的社團嗎？我可是一直保持初衷的啊！」

「難道美眉眞的比兄弟的生死還要重要？」我斜眼看他。

「當……當然不是啊！」心虛的阿莫開始口吃。

「好吧！那爲了證明你夠義氣，你願不願意放棄追求燦燦？」

「當然不行！」阿邦想都沒想，直接丟給我否定的答案。下一秒，當他觸及我帶著戲謔的眼神後，氣勢馬上消弭大半，講話的聲音也弱了下來，「愛、愛情也是很……很重要的呀！」

當阿邦說出這句話時，我從他眼中看見某種決心，一種我所欠缺的元素。那是一種不顧一切的傻勁，一種對於愛情的執著。

燦燦，妳說「傻勁」是構成一段愛情的重要元素，然而我們卻始終太理智。

⁂

自此之後，「燦燦」這兩個字，變成阿邦茶餘飯後的談論焦點。

我彷彿又回到之前朝陽瘋狂想認識燦燦的那段時光，身陷在耳邊不時聽見「燦燦」

這個名字的魔咒裡，永世不得超生。

然而，儘管阿邦多次對燦燦釋出連瞎子都能感覺到不尋常的關心，燦燦卻一點也不爲所動，她還是一視同仁地對待阿邦。

溫柔、和善、客氣、距離感。

這是燦燦對待身旁每個朋友的方式，大家都一樣。

阿邦曾經不只一次向我求救，我也總是盡我所能地想辦法幫他安排機會跟燦燦相處，但燦燦仍舊對阿邦的付出視若無睹。

我一直以爲阿邦是情場高手，同時心裡很矛盾，不想被阿邦說我不夠義氣，又害怕燦燦萬一被阿邦攻陷了，會傷痕累累。

有時候眞想直接放手讓阿邦自己一個人去孤軍奮戰，我只要當個最單純的局外人，遠離戰場就好。

不過阿邦還是很喜歡找我討論燦燦的事，他曾經跟我說過，當一個人很喜歡另一個人時，會變得很幼稚、很呆、很蠢、很沒有自信。就算曾經談過幾場戀愛，也完全派不上用場，那種心跳加速、手足無措的感覺無時無刻會發生，尤其是在那個人面前，整顆心完全地膽怯，對方隨便的一個眼神或動作，都能讓你上天堂或下地獄。

我無法體會阿邦所說的感受，不過我想這大概就是喜歡一個人的心情吧！

「阿莫！」

就在阿邦向我表明要努力打進燦燦的生活圈，並且潛移默化地悄悄攻佔她內心深處的第二十六天晚上，他突然用某種若有所思的怪異眼光，望著正邊吃泡麵、邊看電視的我。我的眼睛對上他時，他又遲遲不肯說話。

我就這樣咬著剛從湯碗裡撈起來，冒著熱煙，一端還沾著熱湯的泡麵，動也不動地跟阿邦對看著。

我心裡隱隱不安起來，這個變態阿邦幹麼用這種眼神看我？……哇靠！他該不會是發現燦燦太難追，大受打擊的情況下，性向錯亂了吧！

啊……雖然我這輩子從來沒交過女朋友，但這不代表我就要轉性去愛男生呀！

「阿、阿邦，你、你死了這條心吧！那是不可能的……」

一察覺事態嚴重，我馬上吐掉嘴裡的泡麵，表情嚴肅，盡量口吻和緩地說。

我看過電視裡的兩性關係專家說，遇到拒絕感情這種事，一定要態度溫和，盡可能不要激怒對方，以免引來殺身之禍。

「你果然也這麼覺得喔……」阿邦眼睛眨了眨，滿臉失望。

一見到阿邦臉上的表情放鬆下來，我原本緊繃的心情也慢慢鬆懈。不過兩性關係專家說，這個時候，一定要用更委婉的方式勸導對方，讓對方知道自己的決心，才能免除後患。

「本來……本來就不可能啦！你看看我跟你……」

「果然不一樣！」阿邦打斷我，自言自語地喃喃著，「對你果然比較特別……」

「什麼、什麼比較特別？阿、阿邦，你你你……」

我驚恐起來，阿邦果然是認眞的，這可怎麼辦？我再怎麼樣也從來沒想過，我生命中的第一朵桃花，居然是開在一個男生身上，而且還是個讓許多女孩子垂涎的帥哥，我……我到底是該哭，還是該笑呢？

「所以我想，說不定、說不定……」阿邦沒理我，依然自顧自地說著，「燦燦她喜歡的是你吧。」

阿邦講到後面那句話時，眼睛突然又對上我，用正經八百的語氣說。

我的腦袋短暫地空白了幾秒鐘，瞬間明白阿邦一開始的若有所思，然後想到自己誤認爲阿邦轉性愛上我的烏龍念頭，忍不住爆笑出來。

「你瘋了嗎？」阿邦睨著我，有些憤憤不平，「就算被燦燦喜歡上是很爽的事，但你也不用笑成這樣吧！誇張。」

「不、不是啦……」我試著讓自己平靜下來，偏偏臉上的肌肉就是不聽使喚。不過我還是很努力地向阿邦解釋，「我只是誤以爲……誤以爲你追不到燦燦，就、就……愛上我啦……哈哈哈……」

阿邦聽我這樣一講，臉上馬上青一陣、白一陣，最後他漲紅著臉罵我，「神經病！我還是有眼睛跟判斷力的，好嗎？」

「好了啦，只不過是一個女生嘛！天涯何處無芳草，幹麼爲了一個女生搞得失魂落魄的？」我笑夠了，馬上伸手拍拍一臉像踩到狗大便的阿邦，溫和地安慰他。

「你懂什麼？我是很認眞的耶！」阿邦拍掉我放在他肩上的手，一臉正經地說：「而且，燦燦她不是普通的女生，她是我喜歡的人啊。就算天下的芳草一堆，除了她之外，其他都不是我要的，你懂不懂？」

我被阿邦鄭重而嚴肅的神情跟語氣震懾住，原來，阿邦是用比我想像中還要認眞的感情在喜歡著燦燦。

「好！阿邦，我果然沒有看錯你！」我激動地抱著阿邦，不管阿邦怎麼掙扎，就是不肯輕易鬆手。

我心裡是感動的，滿滿滿滿的感動，我開心阿邦不是抱著玩玩的心態在喜歡燦燦，我開心當阿邦義正詞嚴地向我傳達他喜歡燦燦的心情時，那種想要給她很多很多感情的磅礡氣勢有多令人動容。我開心這樣的人，正好是可以跟我生死相交的兄弟，而不是一個自己完全摸不清底細的路人甲。

「兄弟，你放心，我會幫你！」過了一會兒，我這麼說。

「幫什麼？」阿邦好不容易掙脫我的熊抱，馬上大口大口地喘氣，還不忘嘀咕地埋怨，「差一點就死在你懷抱裡，眞他媽的，萬一眞的這樣死掉，我這不就永留青史變成後人恥笑的目標？我又不是gay－!」

「幫你追燦燦啊。」

「有什麼用？她喜歡的人又不是我！」阿邦依然沮喪。

「鐵杵都能磨成繡花針了，還有什麼事是不能成功的？」我鼓勵他，「感情的事沒有絕對，就算燦燦的心是銅牆鐵壁又怎麼樣？滴水能穿洞嘛。」

「所以，你不喜歡燦燦？」

「就跟你說了是朋友的那種感情嘛。」

其實，說這句話的時候，我心裡還是淡淡地猶疑起來，像站在一團霧裡看自己的心境，分不清這樣的喜歡到底是哪一種情感。

「可是，燦燦對你比較特別，所以說不定，她喜歡的是你。」

「你想太多了啦，燦燦是因爲跟我比較熟，所以才會對我比較不一樣嘛，而且我無毒無害啊，跟我在一起比較安全嘛，她不可能會喜歡我的啦！」

「無毒無害」這句話是朝陽告訴我的，她總說我的個性比女人還要女人，要愛上我實在是件太困難的事，所以她能很安心地跟我在一起，也不怕別人傳我們的緋聞。她說她太明白我們兩個人之間不可能出現任何擦槍走火的場面。「太難了嘛！你無毒無害，就像一杯白開水，一般的女生大概都很難喜歡上你的。可是，你對我來說眞的很重要，我們認識這麼久了，你可是我的姊妹淘耶。」

夏朝陽那時是這麼說的，這些話我一直記得很清楚。個性大剌剌又沒什麼神經的夏朝陽，根本就不知道她無心說出的那些話，傷我有多重。

用「無毒無害」來形容一個男生，眞的很傷人。偏偏在那當下，我又找不出任何能夠反駁她的說法，而且說實話，她講的好像也是事實。

「眞的嗎？」阿邦原本死氣沉沉的黯淡雙眼，瞬間恢復光采。

「騙你幹麼？而且我跟燦燦要是能激得出火花，早就激出來了，不會在認識一年多之後才冒出熊熊烈火吧！」

「啊，對對，沒錯沒錯。」阿邦笑開臉來，「所以你眞的會幫我？」

「一句話，挺到底。」我遲疑了一秒鐘，才很有義氣地大聲說。

「哇！阿莫。」這回換阿邦熊抱我，他激動地大叫，「你眞是個好人！」

「喂，我快、快……快死了啦……」我拚命掙扎、大口呼吸，很擔心我眞的會死在阿邦的懷抱裡。

過了我覺得大約有一世紀那麼久（但其實大概只有十幾秒），阿邦才終於放開我，「就這麼說定了喔。好！那我們現在來研擬攻心對策。」

「什麼……什麼攻心對策？」我邊咳邊問，剛從鬼門關回來的我餘悸猶存，耳朵還嗡嗡嗡地耳鳴叫個不停，重回人間的感覺眞好！

「知己知彼，百戰百勝啊！嗯，那就……那就從燦燦喜歡吃的東西先開始好了，阿莫你等我一下喔。」說完，阿邦一陣風似地跑回他房間去，沒幾秒鐘又迅速衝回來，手上拿著紙跟筆。「好，來吧，燦燦喜歡吃什麼？」

燦燦，妳說要用感覺代替眼睛，記住所有讓妳心動的片刻，那裡面也包括我嗎？

✕

「臭豆腐。」我想都沒想就說出口。

「啊？」

「臭豆腐啦，你懷疑喔？」我加重語氣地又唸了一次，「臭、豆、腐。」

「喔。」阿邦見我口氣堅定，即使態度有些遲疑，仍動手在紙上寫下「臭豆腐」這三個字，邊寫還邊問我到底有沒有騙他。

「騙你我的名字倒過來寫。」

「阿莫……莫阿？」

「你白痴喔？我說的是我的本名啦。」

「你的本名叫什麼？」

「很欠扁耶你！」

「我是眞的不知道你的本名是什麼嘛！平常都嘛叫你的綽號，誰還會去記你的本名？」阿邦露出無辜的表情。

我記得高三那年去補習班報名時，朝陽自告奮勇，在補習班櫃檯前說要幫我塡學生資料，但筆才一碰到學生資料卡，馬上就停住，她望著資料卡，呆了幾秒鐘後才抬頭看我，問我，「阿莫，你的本名叫莫什麼？」

我的臉上當場三條線。

事後，朝陽才很無奈地告訴我說她已經太習慣叫我阿莫了，這個綽號一叫就是十幾年，周遭的同學也都這麼叫我，有些和我們比較親近的科任老師也叫我阿莫，所以她會忘了我的本名，那也是很正常的事呀。

就連認識了十幾年的夏朝陽都會忘記我本名，我根本就不必奢望才跟我認識沒幾個月，每天也是阿莫阿莫地叫我的阿邦，能記住我的名字。

「算了，我們不要討論這種沒意義的事了……」阿邦聳了聳肩，一派無所謂的模樣。

「喂！沒有禮貌喔你！」我瞪他。好歹我這個名字也是爸媽花錢請算命師算的耶！算命師說，我這個名字非富即貴，而且結婚運好到會讓全天下男人嫉妒。雖然一直到現在，我都還沒有感受到那種非富即貴的命運，也還沒有體驗到讓人羨慕到眼紅的桃花朵朵開，但我對自己的未來可是充滿期待的呢。

「那燦燦有沒有討厭吃的東西？」阿邦不理我，兀自問著他想知道答案的問題。

我想了一下，腦袋裡浮現出那次我在防火巷撿到燦燦，她吸著思樂冰時，皺著眉說太甜了的表情。

「思樂冰。」我說。

「思樂冰喔？」阿邦低頭在紙上寫下思樂冰，喃喃著，「可是思樂冰很好吃耶。」

「燦燦說太冰又太甜了。」

「你們一起吃過思樂冰啊？」阿邦抬起頭看著我問，眼神裡除了好奇，還摻雜了某

些我說不出來的情緒。我無法形容那種感覺，就像、就像是一種……羨慕夾雜著一點嫉妒的神情。

「當然啊，我們可是老朋友耶。」我故意抬起頭，露出驕傲的表情。逗阿邦吃醋眞是件有趣的事。

「先說好喔，如果我追到燦燦的話，你一定要跟燦燦保持適當的距離喔，不然我一定會揍扁你。」

「所以你的意思是，在你追到燦燦之前，我還可以跟燦燦手牽手散散步，或者氣氛來的時候親親嘴，抱一抱……」

「喂！」阿邦大叫，拳頭毫不留情地捶在我肩膀上，他氣得橫眉豎目地瞪我，「有分寸一點！」

「反正她現在又不是你女朋友，如果這麼漂亮的正妹要對我投懷送抱，我難道能坐懷不亂嗎？你也知道當正人君子很難，男人嘛，哪一個不好色？」

我繼續逗阿邦，他漲紅臉生氣時的模樣，實在很像隻被激怒的河豚，超好笑。

「再說下去，我就不把你當兄弟了。」阿邦說，然後像要強調自己不是開玩笑似地又加強語氣，「我是說眞的。」

「阿邦，你不是這種小氣的人吧？」我正在興頭上，實在很不想就這樣放過逗阿邦的機會，啊……我覺得我跟朝陽愈來愈像了，變得跟她一樣變態。

「這不是小不小氣的問題，是因爲喜歡嘛。」阿邦認眞的眼神裡閃過一絲羞怯，「當你喜歡一個人的時候，你的心胸就會變得狹窄，就會變得小心眼，那是因爲太喜歡的緣故，自己也很難控制……唉呀，我也不知道該怎麼形容啦，等你以後遇到一個自己很喜歡的人，你就會知道了啦。」

阿邦頓了頓，又說：「那你知不知道燦燦之前交過幾個男朋友？」

我聳聳肩，「不知道。」

「會不會對花過敏？有沒有特定喜歡的花？玩偶呢？泰迪熊啊，或是那隻長得很欠扁的海綿寶寶之類的？」

阿邦每問一句，我就搖一次頭。原來我也這麼不了解燦燦，即使跟她認識的時間已經超過一年，但我對她的了解卻是少之又少。之前在補習班時天天混在一起，也一起出去看過幾場電影，但我和燦燦並沒有想像中的熟稔，即便是很喜歡燦燦這個人，也喜歡她總是一派恬適的個性，而我對她的熟識程度卻只停留在普通朋友的階段而已。

「喂，你們不是老朋友嗎？」最後，阿邦忍不住抗議，「怎麼問你什麼你都搖頭說不知道啊？」

「誰說老朋友就一定要熟到知道她的祖宗八代啊？我就說了嘛，我跟燦燦是認識的

老朋友，又不是很熟的老朋友。」

「繞口令啊？什麼認識又不熟的老朋友，講這種一點邏輯也沒有的話，很瞎耶。」

「瞎屁啦，萬一我眞的跟燦燦很熟，那你就眞的要小心了，你不知道我是曖曖內含光嗎？燦燦一定抵抗不了我這種充滿內涵的人，像一本怎麼翻都翻不爛的字典，每一頁都是驚奇……」

「我想吐了……」阿邦右手撫著胸，左手一把抓起放在一旁的垃圾桶，一臉快要吐出來的屎樣，他睨了我一眼後，把垃圾桶移到我面前，說：「分你吐一下，你應該也覺得剛才那一堆屁話讓人超想吐的。」

「神經病。」我拍掉阿邦手上的垃圾桶，瞪他。

「如果你眞的是一本每一頁都充滿驚奇的字典，那我就是一本讓人垂涎三尺的美食食譜，每一頁都讓人驚爲天人……」

「垃圾桶給我、給我，換我要吐了……」

燦燦，妳說喜歡不是用來宣示，是用來實踐的。

＊

接下來好幾天，阿邦天天拎著一堆臭豆腐到社辦請大家吃，當然也請燦燦吃。

可是只有前兩天，燦燦在推辭不掉的情況下，吃了阿邦請的臭豆腐，後面的幾天，不管阿邦怎麼遊說，她都婉拒了阿邦的好意。

「喂，你不是說燦燦喜歡吃臭豆腐？」

第五天，阿邦把正埋首大快朵頤塞了滿口臭豆腐的我，死拖活拉抓到社辦外面去，低聲質問我。

「對啊。」我點點頭，含糊不清地說：「她之前還叫我帶她去夜市吃臭豆腐，說她很懷念臭豆腐的味道呀。」

「可是我感覺她好像對臭豆腐不是那麼感興趣耶。」阿邦皺起眉頭，一臉苦惱至極的模樣。

「唉喲，你又不是不知道，善變是女人的權利嘛，說不定她現在喜歡吃的已經不是臭豆腐了啊，你不會主動一點，去問問她現在喜歡吃什麼啊？」

「這樣不是很明顯嗎？」阿邦搖搖頭，「不行不行，太明顯地追求，一定會嚇跑她

的，我要用滲透的方式，這樣才自然。」

「那你慢慢去滲透吧，我要進去吃臭豆腐了。」

說完，我才轉身要走回社辦裡，馬上就被阿邦拽住手臂，硬拉回來。

「真沒義氣，你不是說要幫我嗎？」

「可是你說要用滲透的方式才自然啊，我又不懂怎麼滲透。」

只不過是追女生嘛，幹麼搞得像間諜要偷情報一樣，還滲透呢。

「不然這樣好了，你幫我約燦燦出來玩，就去、就去……啊，去墾丁好了。」

「過夜喔？」

「看她啦，如果不想過夜就當天來回嘛，我們騎機車去玩。」

「瘋了喔？從高雄騎機車去墾丁？很遠耶。」

「你是不是年輕人啊？高雄到墾丁哪會遠？一點都不熱血喔你。」

「這干熱血什麼事？而且，從這裡騎機車到墾丁，我怕我還來不及熱血，就會先熱昏了吧。」

「去不去啦，一句話。」

看著阿邦滿臉殺氣的臉，我遲疑了幾秒鐘，知道如果拒絕他一定會被他罵沒義氣或是不夠好種什麼的，只好勉為其難地點頭。

「好啦好啦，我幫你約她啦。」

「好！夠意思。」阿邦「啪」地一聲，一巴掌拍在我的肩胛上，臉上的笑比糖霜還要甜，「那就這麼說定啦，我等你消息喔。」

燦燦並不難約，我才一開口，她馬上就答應了，時間敲好是這個星期六。我跟燦燦說她可以找同學作陪，人數湊成雙數才不會有人落單，燦燦問我可不可以找社團的人，我告訴她這樣最好，全都是認識的人，玩起來才不會生疏。

回去把這個消息告訴阿邦時，他整個人樂得像快要飛上天一樣，連續好幾天，我的晚餐都是他埋單。他還說，如果有一天他跟燦燦有幸修成正果要結婚，他一定包個大大的紅包來酬謝我這個大媒人。

我覺得阿邦真是超級樂天派加妄想狂，八字都還沒一撇，他就已經想到那麼久的未來，真是瘋了。

星期六天才剛亮，阿邦就狂敲我房門，要我快點起床整裝，還買了早餐給我吃，然後七點半就拚命催促我出門，整個人超亢奮的。

當我跟阿邦一到達我們和燦燦相約集合的校門口，望見那一大串肉粽般的人群，馬上傻眼了。

燦燦把慈幼社裡二十幾個人幾乎全找來了，社長跟副社長來了不說，連幾個好一陣子沒在社辦露面的大四學長跟學姊也都到了。

「怎、怎麼回事？」阿邦一臉鐵青，飽受驚嚇的模樣。

「我、我也不知道啊。」我的晴天霹靂不亞於阿邦。

「怎麼全社團的人都來了？」

「要我擲筊問神明嗎？」阿邦還站在我身後雙眼發愣，我回頭看了他一眼，接著說：「又不是我叫來的。」

「那怎麼……」

阿邦正想說話，就被燦燦的聲音打斷。

「阿莫。」燦燦小跑步朝我跑來，臉上堆滿笑。她站在我面前，嘴唇彎成一個上弦月，「大家都來了喔，加上你跟阿邦剛好二十六個人，機車有十三輛，剛剛好喔。」

燦燦的笑容、燦燦的無辜眼神、燦燦講話的輕柔語調，真的……真的讓人很難對她發脾氣。

「那就走吧。」阿邦從我背後鑽出來，擠到我前面，面對著燦燦。光看他的背影，我就能想像他見獵心喜，滿臉燦笑的模樣。

「抽鑰匙喔。」燦燦攤開手，手上滿滿都是鑰匙。「你們的鑰匙呢？丟進來吧。」

我跟阿邦連忙把自己的鑰匙丟進燦燦手上那堆鑰匙裡，阿邦在丟鑰匙時，口中還唸唸有詞，不曉得在唸個什麼東西。

「你在唸什麼？」一等燦燦抱著那堆鑰匙走遠，我馬上用肩膀頂頂阿邦，問他。

「唸南無阿彌陀佛、觀士音菩薩、媽祖娘娘、關聖帝君、九天玄女……」

「幹麼？」阿邦一開口就像機關槍似地唸出一堆神明的名字，我直接出聲打斷他。

「求祂們保佑啊。」

啊，我不知道阿邦心地這麼善良，大家要出遊，他還那麼有心祈求神明保佑我們大家，眞是知人知面不知心，阿邦，我不知道你原來這麼貼心，我阿莫果然沒白交你這個朋友，眞是太夠意思啦。

正當我被阿邦的舉動感動得亂七八糟時，阿邦接下去說：「我請祂們保佑燦燦可以抽到我的機車鑰匙。」

我的感動瞬間被瓦解，灰飛煙滅。

說到底，還是爲了私情，而不是大愛的精神。

不多久，燦燦拎著一串鑰匙走了回來，阿邦只看了一眼，「靠夭」這兩個字馬上脫口而出。幸好燦燦離我們還有一小段距離，沒讓她聽見阿邦的髒話。

「喂，有風度一點。」我好意小聲地提醒他。

「明天開始我信基督教。」

「幹麼這樣？你媽不是虔誠的佛教徒嗎？」我記得阿邦的媽媽是慈濟的人，阿邦還常開玩笑地叫他媽媽「師姊」。

「都不靈啦，我剛才祈禱了半天，根本就不靈。」

「臨時抱佛腳哪會靈？」

「不管啦，阿莫我跟你換，我要載燦燦。」

阿邦講到這句話時，燦燦已經站到我們面前了。

「不可以喔，阿邦，你今天要載的是美麗喔。」

阿邦一聽，一張臉瞬間慘白。

姚美麗是我們社團裡的團寶，通常算命的在幫人命名時，都會看那個人命中缺什麼，名字裡就幫他補什麼，姚美麗就是命中缺美麗，所以才取名叫姚美麗。

不過阿邦說，姚美麗應該要改名叫「姚瘦散」，這樣她才能從八十公斤的體重魔咒裡走出來，眞正美麗起來。

然後，我看見阿邦一臉哀怨地走向他的機車，而姚美麗早就站在那裡，咧著一張快要開到耳朵的嘴，開心地等著阿邦。

根據某個可靠的情報來源，聽說姚美麗暗戀阿邦。從她那心花怒放的燦爛笑容裡，我想這個謠言應該有九成以上的眞實性。

好好保重吧，阿邦。

我在心裡默默地幫他祈禱。

燦燦，妳說未來的路太坎坷崎嶇，妳只要珍惜現在的小小幸福就好。

✕

豔陽高照、風光明媚、雲淡風輕、鳥語花香……所有的形容詞都不足以用來形容這麼棒的天氣，今天眞是個適合到郊外走走的好日子。

坐在我身後的燦燦心情似乎很好，不斷地跟我天南地北亂聊，一聊到開心的事，便會很自然地發出清脆的笑聲，像個單純無憂的孩子般。有幾次，我從機車後照鏡望見她純眞的容顏，和嘴角那抹寧謐恬靜的笑容，總有一種彷彿見到不小心掉進人間的天使的錯覺，如此絢爛奪目。

另一方面，看得出來，載著姚美麗的阿邦心情並不怎麼美麗。

在姚美麗的提議，大家附議下，一行人特地繞到萬巒去吃著名的萬巒豬腳。阿邦坐在我身邊，不用吃苦瓜，一張臉就已經夠苦了。

「喂，出來玩，要開心一點嘛。」我對阿邦投以同情的眼光，看他一臉憤憤不平又驚魂未定的模樣，覺得他眞可憐。

「你不知道，我的機車後輪都快被姚美麗壓到爆胎了啦。」阿邦的臉附在我耳邊，刻意壓低音量，卻又忍不住激動地說。

「啊？」有這麼嚴重嗎？

「而且她很吵，沿路上都是她的聲音，我不理她，她也可以自己講得眉飛色舞，自己講一講，會哇哈哈地笑起來，還是那種很誇張的笑喔，邊笑還邊拍打我的背，我的背說不定已經被她打到瘀青了。而且而且，她只要一笑，整個人就會亂顫亂抖，害我機車把手都快抓不住了。」阿邦皺眉埋怨。

「阿邦，來，吃一塊肉。」我還沒答腔安慰阿邦，坐在我左手邊的燦燦就伸長手，夾了一塊肉到阿邦碗裡，然後又夾了一塊放在我碗裡，輕聲地對我笑著說：「阿莫也吃一塊。」

「你看燦燦多溫柔。」阿邦附在我耳邊輕聲地說。這個色鬼一見到燦燦臉上溫暖的微笑，原本緊繃著的臉部線條，瞬間也柔和不少。他吃了一口燦燦夾給他的萬巒豬腳，馬上露出酒不醉人人自醉的陶醉的表情，立刻誇張地說：「哇，好好吃喔，這豬腳怎麼這麼好吃啊？」

阿邦不說還好，他這一嚷，馬上引起全桌人的注意。下一秒，坐在我們對面的姚美麗已經用自己的筷子，迅速夾了好幾塊豬腳肉到自己碗裡，然後三步併兩步地跑到阿邦旁邊，將她碗裡的肉整個倒進阿邦碗裡，揚著略爲羞怯的溫婉笑容（阿邦說那是心懷不軌的心機鬼笑），用充滿柔情愛意的聲音，輕聲地對阿邦說：「那你多吃一點。」

「呃……謝……謝謝。」阿邦慘白著一張臉向姚美麗道謝，順便狠狠地踩了在一旁笑得幸災樂禍的我一腳。

身旁的人開始鼓譟起來，有人拱阿邦給姚美麗一個愛的親親，有人叫阿邦要珍惜我們的團寶，有人幫姚美麗鼓勵跟加油……姚美麗被大家鬧得滿臉羞紅，頭壓得低低的，阿邦的臉則是一陣白、一陣青，大概只有我看得出來他想咬舌自盡。

「阿邦，很棒喔，美麗是個很好的女孩子，你要珍惜喔，加油。」燦燦螓首微偏，越過我，看著阿邦，唇角彎出美麗弧線，慧黠的黝黑雙瞳盈盈發亮。

「燦燦，不是那樣，不是、不是妳想的那樣啦！」阿邦急得滿臉通紅，愈想要解釋就愈口吃，解釋了半天也沒人聽懂他到底在說什麼鬼。

「唉喲，阿邦害羞了耶……」不知道哪個人突然出聲，接著一群人又「嘩」地一聲，全望向阿邦。

阿邦也不知道哪條神經打結，明知道大夥兒喜歡這樣玩笑似地嘻嘻哈哈，冷不防地竟然臭著一張臉，將手上的碗筷「碰」地一聲，用力朝桌上放下，然後在笑鬧聲乍然止息的寂靜片刻站起身，像在發表什麼聲明似地操著正經八百的口吻說：「我跟姚美麗才不是你們想的那樣，也不可能會變成那樣！」

他一說完，就頭也不回地往餐廳外面大踏步走去，留下面面相覷的我們，還有一臉尷尬到想鑽進洞裡去乾脆把自己活埋起來的姚美麗。

我只遲疑了兩秒鐘，馬上追出去。

十月下旬的屏東一點都沒有秋高氣爽的涼快，我只在近午的大太陽底下站了半分鐘，就已經汗流浹背。

阿邦這個死小孩不知道躲到哪裡去，打他手機也不接，他一定是故意不接電話的，這個死孩子，他不知道我現在的心情就跟小孩走失的父母親一樣焦急嗎？居然敢不接我電話！

找了幾分鐘，我終於在附近一間便利商店門口看到蹲在騎樓下咬著冰棒的阿邦。

「整個氣氛都讓你搞砸了啦！」

我走近他，明明很焦急的心情，在搜尋到他身影的那一瞬間，奇妙地整個平靜了下來，有種「沒事就好」的安心感，迅速地包圍、吞噬掉我原有的小小憤怒，就連脫口而出的那句話，也嗅不到任何責備的語氣。

「我就是不喜歡大家這樣瞎攪和，很討厭。」阿邦一點反省的樣子也沒有，很自我地咬著手上那支看起來好像很好吃的牛奶冰。

「只是開玩笑嘛，那麼認眞幹麼？你剛才那句話已經讓姚美麗受傷了，我看到她一副快哭出來的表情，這下該怎麼辦？」

「我才快哭出來啦，你沒看到剛才燦燦用那麼認眞的眼神看我，好像姚美麗跟我早就是一對一樣。」阿邦像要遷怒般地狠狠咬了手上的冰棒一口，大口大口地咀嚼吞嚥後，才又說：「到底是誰找這麼多人來的呀？」

「燦燦啊。」除了她，我想沒有人會做這種事，燦燦那個人除了心地善良，還很喜歡跟大家有樂同享。

聽見我說出燦燦的名字，阿邦拿著冰棒的手就這樣定格在半空中好幾秒，熾熱的氣溫讓冰棒迅速融化，有幾滴白色液體就這樣滴落在黑白大理石地板上。

「我眞的不知道該怎麼辦了。」沉默了半晌，阿邦突然沒頭沒腦地用大概只有我聽得到的音量喃喃地說：「我已經束手無策了，阿莫你說，我是不是應該放棄比較好？」

「什麼？」

我完全聽不懂阿邦在說什麼，只是可惜他手上的冰棒如果再不吃，就眞的全都要融掉了，於是一把搶過他手上的牛奶冰，塞進自己嘴裡，享受那種入口即化的冰涼感，感覺一整個讚。

「要放棄之前可以先給我，丟掉多可惜。」我咬著冰，含糊地說：「你看它差點就要融化了，還好我眼明手快拯救了它。」

阿邦聽我這樣說，馬上睜大眼睛看了我好一會兒，最後嘆了一口氣，無奈地說：「單細胞生物的人生，果然比較快樂。」

這句話，我不用多想也知道他拐彎在罵我是單細胞生物，看在他現在心情爆爛的情況下，我就大人大量不跟他計較。

「阿邦。」

燦燦不知道什麼時候來到我們身後，她才一出聲，阿邦整個人像被雷打到一樣，眼睛睜得大大的，望著站在我們後面的燦燦，臉上的表情很複雜，夾帶著欣喜、震驚、詫異與不可置信的神態。

「心情好一點了嗎？還在生氣？」燦燦像微風一樣的聲音，輕輕地飄進阿邦跟我的耳裡，詢問的語氣裡充滿關心，是一種沒有任何壓迫感的溫暖關懷。

「沒、沒有了。」

一聽就知道是違心之論，剛才不知道是誰還在那裡義憤填膺呢。

「那要不要回去吃一點東西？你剛才都沒吃什麼呢！這樣不好，胃會不舒服喔。」燦燦又說。

「呃……我、我不餓啦。」

我看是拉不下臉吧！

「沒關係，回去隨便吃幾口也好，你這樣突然跑出來，大家都很擔心喔，剛才大家只是在跟你開玩笑啦，你眞的不要介意。」

「不、不會啦。」

不會才怪，也不曉得是誰說不喜歡大家這樣瞎攪和的。

「那就快回去吧，大家都在等你了。」

「喔，好。」

就這樣，燦燦的幾句話，比我說幾百句還要有用。阿邦果眞乖乖聽話，往餐廳的方向走去。

「阿莫你也是，快回去吃東西，你也吃得很少呢。」一等阿邦走遠，燦燦就把眼睛定焦在我身上，溫柔的語氣裡有某種讓人難以抗拒的堅持。

「好、好啦。」剛才還在心裡笑阿邦是卒仔，燦燦才出聲說幾句話，他就聽話地乖乖照做，結果我自己也差不多。

和燦燦並肩從便利商店前的騎樓走出來，才在太陽底下走沒幾步路，身旁的燦燦就突然停住腳步。起先我沒注意到燦燦的異樣，是燦燦彷彿用盡所有力氣，虛弱地喊了句，「阿莫……」我才轉身注意到因爲身體不舒服，早已蹲在滾燙柏油路上的燦燦。

「燦燦！」我的聲音是驚恐的，當燦燦揚起臉看我，我瞧見她臉上蒼白一片，就連原本泛著淡淡粉紅色的嘴唇，也被染上一層白。

寶哥幫我跟勤美辦歡送會那天晚上，我載著醉得有點離譜的勤美回家的路上，勤美跟我說的那句，「你可以幫我照顧燦燦嗎？」突然像山谷的回音般，又一聲一聲地像跳針的留聲機那樣，不斷縈繞在我的腦海裡。

燦燦，妳總說生命的價值不在於長度，而是曾經經歷過的那些美好。

⁂

我慌張地蹲下身去扶住燦燦，很怕下一秒她就會「碰」地一聲，倒臥在地上，不省人事地昏迷過去。

燦燦握住我的手臂，她的手冷得像冰一樣，手心裡沁出的汗也是冷的，聲音很輕很虛弱，我聽見她略快的喘息聲，我想那是人在極度不舒服的情況下才會發出的聲音。她雖然抓住我的手，卻半點力氣也沒有。

我扶著她，重新回到騎樓底下。便利商店門口有幾把白色鐵椅，我隨便抓了一把，連擦都沒擦就急著讓燦燦坐下。

「是、是餅乾還是糖果？」

已經有過之前在防火巷撿到她的經驗，所以我猜她會突然頭暈，也許跟血糖又下降有關，應該不可能是中暑，更何況現在都快十月底了，最熱的時節已經過去了啊。

「巧克力。」燦燦虛弱得沒有半點氣力的聲音鑽進我耳裡，又是一陣莫名的難受，我很擔心她，擔心到連手都克制不住地微微顫抖起來。

我沒再多問，連忙衝進便利商店，把看得到的巧克力全都各買了一種，我不知道燦燦有沒有偏好哪一種，反正全部都買總能賓果一個才對。

見我攤開掌心，滿滿的巧克力在手上，燦燦沒太驚訝，也沒問我爲什麼買這麼多，只是很虛弱地努力揚起一個微笑，然後挑了其中一個吃。

幾分鐘後，燦燦臉上的血色終於慢慢恢復，雖然仍然像剛打過一場仗一樣地露出疲累的神態，不過已經比之前的蒼白臉色好一些了。

看著燦燦，我原先怦怦跳得很用力的心臟，也終於能夠稍稍得到舒緩，不再那麼賣力地像要從我胸口跳出來似的。

「這些全給我。」燦燦指指我手上的巧克力，揚著淡淡的笑。

「妳快要嚇死我了。」我把巧克力全塞進她手裡，帶著一點點抱怨的口吻說。

「眞的嗎？」燦燦突然露出淘氣的表情，偏著頭盯著我的眼睛看了幾秒鐘後，開口問，「如果喔……如果有一天，我突然死掉了，你會不會哭？」

「這還用問嗎？」我根本連一秒鐘的考慮也沒有，脫口而出。

「是會還是不會？」

「當然會。」

「是象徵性地掉幾滴淚那種嗎？」

「怎麼可能？」我有些激動地叫，激動得連自己都莫名其妙，「我會掉一大缸的眼淚吧。」

「一大缸是多大缸？」燦燦難得有這種打破砂鍋問到底的精神。

「像司馬光打破的水缸那種程度的大。」

「喔。」燦燦聽見我的答案，很開心地笑了。

「幹麼問這種白痴問題?妳才幾歲啊，跟我談這種生死什麼的，不會太早嗎？」

雖然明知燦燦是故意問我，不過不知道爲什麼，我心裡還是隱隱不安起來。

「人有旦夕禍福嘛。」燦燦雲淡風輕地說，臉上還是揚著淺淺笑意。

然而，聽見燦燦這樣說，我的心臟卻老實地漏跳一拍，隨之而來的是像聽見什麼壞消息般的急遽心跳，弄得我整個人心神不寧。

「燦燦，妳老實告訴我，妳是不是生了什麼病？」

也許是我的語氣過分正經又沉重，我瞥見燦燦臉龐一閃即逝的詫異，和略略僵住的微笑。

我總覺得燦燦的血糖降低絕對不是偶然，不然不會這麼湊巧就偏偏讓我遇上兩次。

我想起之前在寶哥店裡打工時，燦燦來找勤美的那天，燦燦離開後，勤美臉上焦急的表情，還有後來忍不住掉下來的眼淚。

那時我就想，事情應該不是那麼簡單，也許燦燦跟勤美，正在對我和朝陽隱瞞某些事情。

「哪有什麼病？阿莫你不要亂猜，不就、不就是女生的生理期嘛，失血過多就會不舒服啊。」燦燦愈是想裝作若無其事，我就愈覺得有鬼。如果同樣一句話我拿去問朝陽，那女人一定會佯裝痛苦地跟我說：「沒錯，我得了不治之症，啊！阿莫，你要對我好一點，不要再讓我動怒了！」諸如此類的超白爛對白。

雖然很想進一步了解燦燦的身體狀況，但如果燦燦有什麼難言之隱，我也總不好意思追問下去吧！這種事，也得要當事人肯說才行，一直逼問恐怕只會嚇跑人家。

「燦燦，如果身體眞的不舒服，一定要去看醫生。還有，我們是朋友吧？」

燦燦在我的凝視下，輕輕地點頭。

「如果妳眞的不敢自己一個人去看醫生，我可以陪妳去，至少有個人陪在身邊，勇氣也可以加倍吧。」

燦燦看著我，原本有些呆掉的臉上，慢慢綻開笑容，笑得燦爛。

「阿莫，謝謝你，你人眞的好好喔，我覺得啊……我好像眞的很喜歡阿莫耶。」

這回換我呆掉了，我愣愣地凝睇著笑得寧靜恬淡，卻能輕易地用一句話就讓我整個人心神大亂的燦燦，不知道該怎麼形容自己現在的沾沾自喜，那種龐大的喜悅已經掩蓋住所有其他的情緒。

燦燦說她喜歡我耶！

我只感覺自己臉龐的溫度迅速往上飆高，我想我的耳朵可能變得很紅。

然而我的理智很快就把站在雲端上的我踹回地面，腦袋裡出現另一個聲音說，也許燦燦的喜歡，是朋友的那一種。

夏朝陽那女人也常說她很喜歡我啊，但她每次這樣子說，我都會毛骨悚然，因爲她唯有不懷好意的時候才會這樣對我說，那表示她一定又要叫我幫忙她什麼事情了。

我永遠忘不了朝陽有一次千拜託萬請求地要我去超商幫她買衛生棉，害我在超商女店員努力憋笑的表情，還有男店員同情的眼光，及其他顧客好奇的眼神中，拎著一包衛生棉，舉步維艱地踏出超商大門，並在心底狠狠發誓這種讓男生顏面蒙羞的事，我絕對不要再做第二次。

還在心裡臆測燦燦說她喜歡我的幾種可能性時，燦燦又開口了，「我們快回去餐廳吧，再不回去，大家一定又要開玩笑說什麼我們『故意各自帶開，一定是有一腿才會這樣』。這一類亂七八糟的話。」

腦袋總算被燦燦的這句話一棒打醒，燦燦的喜歡，果然是朋友的那種，不然她才不會在意別人說什麼吧。

我跟燦燦又重新走回陽光下，不過這次我很小心，每走個兩三步，就望望身旁的燦燦，很怕剛才那種血糖降低的戲碼又重來一遍。

「別那麼擔心嘛，我沒那麼虛弱啦。」

就在我第三次偷看燦燦時，冷不防地被她逮個正著，她只瞧了我一眼，馬上看出我的擔憂。

「如果還是很不舒服，就不要硬撐，妳可以回便利商店門口坐著，我去騎機車過來載妳。」

「我眞的沒有怎麼樣了呀，而且啊，我還有護身符喔。」燦燦故意露出神祕兮兮的表情，害我的好奇心一下子被她勾引出來。

「什麼？」

「噹噹！」燦燦把手心攤在我面前，手掌裡躺著一堆我剛才在便利商店買的巧克力，她一臉燦爛地笑，「阿莫牌精力充沛巧克力。」

她說完，我也笑了。

我發現燦燦偶爾的小淘氣眞的很迷人，有著孩子般的純眞，那是另一個不曾出現在大家面前的燦燦。

我覺得，我好像……很喜歡這樣的燦燦，偶爾皺眉，偶爾板起臉孔佯裝生氣，偶爾會頑皮淘氣還帶點可愛，但大部分的時候，還是會在臉上塞滿微笑的燦燦。

那種喜歡的程度，也許已經超過我所能預測的範疇，或許，就跟我喜歡朝陽的那種感情是一樣的。

原來喜歡一個人的深淺度，並不能以認識的時間長短來算計。

是燦燦讓我明白這一點。

燦燦，妳說感情是妳的死穴，就算是眼淚也無法救贖。

＊

才剛走回餐廳，正要進門，就差一點被從餐廳裡匆匆忙忙趕出來的阿邦撞著。這傢伙一臉著急緊張的模樣，不用說我也知道他是想衝出去找燦燦，才不可能是因為關心我而著急成這樣。

「啊！燦燦，妳回來啦？快快快，快去吃點東西，我幫妳夾了好多東西喔，不幫妳留一些食物，難保不會被那群蝗蟲吃光光，妳快去吃吧。」

阿邦一見到燦燦，馬上又笑開來，一臉純情少男情竇初開的模樣。

一等燦燦走回座位，阿邦連忙從背後拉住我，原本望著燦燦就會堆滿笑的臉馬上垮下來。

「你們剛才跑去哪裡啦？」我嗅到很重的酸味，自阿邦的口裡流洩而出。

「沒啊。」

我刻意佯裝出若無其事的模樣，不敢讓阿邦知道，就在幾分鐘前，燦燦差一點昏倒在大街上。阿邦那張嘴最守不住祕密，雖然明知道他不是故意的，不過他就是常常會不小心就讓別人的祕密變成眾所皆知的新聞。

「你們晚了好幾分鐘才回來耶。」阿邦扁扁嘴，像個任性的小孩。

「燦燦……燦燦說她想吃巧克力，我們就在便利商店那裡逗留了一下下。」我靈光一閃地脫口而出。

「眞的嗎？」阿邦突然滿臉光采，連眼睛都閃閃發亮。「她現在的新歡是巧克力喔？」

這傢伙自從上次臭豆腐策略失效後，就一直在尋找新的戰略，只是百般探詢跟觀察都不得要領，我的話簡直就像他黑暗世界裡的一道曙光，讓他看見希望的力量。

「呃……對……對啦！」其實我也不是那麼確定燦燦是不是喜歡吃巧克力，畢竟剛才她是因爲血糖降低才說想吃巧克力的。

「嘿，阿莫。」阿邦突然一把勾住我的脖子，笑嘻嘻地說：「兄弟果然不是白當的，你眞夠朋友。」

我可以想像阿邦抱著一堆巧克力去社辦的情景，唉……早知道我就跟阿邦說燦燦喜歡吃的是生魚片或炸雞排，我根本就不喜歡吃巧克力呀！

阿邦原本元氣大傷的心情，現在因爲得知這個巧克力情報，終於稍稍能平衡一點，於是開始又有了笑容。

阿邦的臉是笑了，姚美麗卻因爲阿邦之前摔筷子時說出的那些話都快哭了。

午餐過後，一夥人高高興興又要往墾丁前進時，姚美麗竟然在阿邦的機車前拗起來，堅持不肯上阿邦的車。

阿邦這個人平常雖然老愛跟人家打打鬧鬧，豪爽又重義氣，一副什麼事都好商量的模樣，不過一旦脾氣倔起來，就連天皇老子他也不看在眼裡。

他明知只要隨便講幾句好聽的話，依姚美麗喜歡他的程度，一定會馬上原諒他，但他就是什麼話也不肯說，只是臭著一張臉，坐在自己的機車椅墊上，緊抿著的嘴唇線條看起來又嚴厲又剛毅，一副絕對不跟姚美麗妥協的驕傲模樣。

大夥並沒有特別注意到阿邦跟姚美麗的無聲戰爭，十幾輛機車陸續發動上路，到最後，只剩下阿邦跟我的車還停在停車場裡。

燦燦先發現他們兩個人之間的不對勁，她跟我說明後，有些擔心地跑過去關切，我也跟在她背後走過去。協調了幾分鐘，還是徒勞無功，整件事很明顯就是阿邦理虧，但他那個人倔得跟頭牛似的，講也講不聽。

「阿莫，不然我先讓阿邦載好了，美麗就麻煩你了，好嗎？」爲了不影響大家的行程，燦燦最後下了這個決定。

接著，我看到阿邦龍心大悅，臉上露出彷彿被幾百兩黃金K中那種欣喜若狂的神情。

我並不是對姚美麗這個人有什麼成見，相反的，我還覺得姚美麗其實滿可愛的，老實說，就我所知，姚美麗的個性很溫和，人也很樂觀開朗，要不是阿邦今天在大家面前講了那種讓她下不了台階的話，依她的個性，應該是會一笑置之的。

「阿莫，眞是抱歉，今天這樣造成你跟燦燦的麻煩，對不起喔。」坐在我身後的姚美麗先開口跟我道歉，說話的語氣裡飽含濃濃的歉疚。

阿邦所言不假，姚美麗一坐上來，我馬上有種機車後輪恐怕會爆胎的感覺，於是車速始終控制在時速六十公里內，不敢騎太快。

「不會啦，大家都是好夥伴嘛，幹麼講這樣？」我這些話說得很眞誠，見姚美麗沒接話，我又接下去說：「今天阿邦這樣妳千萬不要生他的氣，他那個人就是沒大腦，分不清什麼可以說，什麼不該說，他說的那些話也沒什麼惡意啦，大概是因爲他現在並沒有交女朋友的打算，所以才會那樣說。」

阿彌陀佛，我又說謊了，阿門。

「沒、沒關係啦，我睡一覺起來就會忘記了，雖然……雖然還是有些難過，哈哈。」

從機車照後鏡裡，我看見姚美麗故作堅強的表情，這一刻，我突然有些感動，喜歡一個人一定是需要很大的勇氣，才能不斷地去包容對方那些有心或無心的傷害，並在咀嚼消化之後，選擇遺忘。

「姚美麗，老實說，妳是不是眞的很喜歡阿邦？」不知道爲什麼，即使身邊流言紛紛，不過我還是很想聽見姚美麗親口證實的說法，我總覺得由當事人親口說出來的，才有可信度。

姚美麗沒有馬上回答我，她沉默了很久，久到我覺得她可能根本就想逃避這個話題時，她卻突然又開口，「大概已經趨近於愛了吧！不過愛是雙向的，我很清楚阿邦並不可能會愛我，所以是吧，我很喜歡、很喜歡阿邦，超乎你們想像的那種喜歡……」

姚美麗講著講著，聲音有些哽咽起來，但她的話卻深深地震撼了我，我不知道到底是怎麼樣的喜歡可以造就一個人的勇氣，也不清楚爲什麼連姚美麗自己都清楚阿邦不可能會喜歡她，她還是可以義無反顧地喜歡阿邦。

阿邦那個笨蛋，一定不可能體會姚美麗的心情，我猜他大概一輩子都體會不出來吧！他天生就是那種閃閃發光的耀眼人物，即使沒有燦燦，他依然可以跟一堆美麗的女生在一起，根本就不會注意到平凡的姚美麗。

「姚美麗，我聽過一句話喔，是、是……啊！等待就有希望。對對對，就是這句啦，所以姚美麗，我覺得妳不要放棄，說不定，哪天阿邦眞的會看到妳的用心喔。」

不知道爲什麼，一聽見姚美麗含著哽咽語氣的內心告白，我整個人就無法抵抗地倒戈，也不顧跟阿邦情同結拜的兄弟之情，一心只想說些什麼話來安慰姚美麗。

「是嗎？」姚美麗的聲音依然開朗不起來。

「嗯，對啦對啦。」我繼續安慰她，然後看著前方十字路口的紅色燈號，慢慢地減緩車速，說：「阿邦那個人是好高騖遠，眼睛長在頭頂上沒錯，不過他不是沒血沒淚的人，所以妳的付出，他總有一天會看到的啦。」

姚美麗一直等到我將機車完全停在白色禁止線前，才又開口。

「不過如果我是阿邦，身邊只要有燦燦的陪伴，我也寧願沒血沒淚……」

我微微一怔，心裡正訝異阿邦的潛移默化滲透法怎麼會被姚美麗識破時，卻從後照鏡望見姚美麗凝睇的方向，於是我順著她的目光望去，越過幾部跟我們一樣在燈誌前停下來等紅燈的機車後，看見一部停靠在最右側的機車，車上的阿邦正滿臉溫柔地轉過頭對坐在後座的燦燦笑著。他那種深情款款的模樣，只要是沒瞎的人，一定都能感受到在他眉宇瞳仁間流轉的情感。

「姚、姚美麗……」我嚥了嚥口水，聲音有些乾澀，怎麼居然就讓姚美麗看見這麼殘酷的畫面啦？

「阿莫！」姚美麗突然抓緊我的衣領，激動莫名。

「是、是……」我動也不敢動地停下所有動作，很怕姚美麗等等萬一更激動起來，會直接把我的衣領往後拉，成功地勒斃我。

我再怎麼愚蠢，也知道絕對不能對孔武有力的人進行任何反撲行動，那樣的行逕簡直就跟以卵擊石沒什麼差別。

「你、你看著，我姚美麗一定會成功讓自己美麗起來的，我一定要打敗燦燦，讓阿邦的眼睛從此之後只看著我一個人，一定。」

姚美麗像在宣誓什麼般地揚著堅定的口吻對我說。

燦燦，妳說日積月累的喜歡才夠深刻，就像層層堆砌的山巒，恆久雋永。

⚜

墾丁的秋陽依然有著夏日的熱情，雖然已經是下午三、四點，仍舊能感受到它灼烈的威力。

一群人浩浩蕩蕩衝到南灣，說要看比基尼辣妹。不過很可惜，舉目望去看到的辣妹不是年紀太小（未滿十歲的小女孩，你能指望她們的身材能有多辣？），再不然就是年過五十的水桶腰外國胖媽，看了半天，年紀跟我們相仿，身材又好的女生，最多也只是穿件短T恤跟熱褲，根本就沒什麼讓人鼻血直流的比基尼辣妹嘛。

我隨便找一塊看起來還算乾淨的沙灘席地而坐，眼睛看著慈幼社那一堆捲起褲管，衝進淺灘像孩子般朝彼此身上潑水，又笑得很吵很開懷的夥伴們，心頭冉冉升起一股淡淡的幸福，一種貼近眞實的快樂。

我想起記憶中的夏朝陽，想起她在我剛進大學，還不能適應這種過分自由的生活時，耐心地陪我說了將近整晚的話，我想起她的鼓勵，還有她聽起來很吵鬧的笑聲，我想起她的孩子氣和任性，我想起她曾經跟我說過「人生就像潮汐，沒有永久的滿盈，所以即使是小小的快樂，也要用力抓住，只要抓住了，就會幸福了」。

現在，我好像有點懂得那句話的意思了。

大概，人總是要經歷過了，才能體會曾經有人對我們說過哪些話的用意，就像你撿了一籃子的石頭，走過一段路後，才發現那些石頭裡，有幾顆特別閃耀晶瑩，明白原來自己也擁有過那些美麗的幸福。

我發現，我好像又開始想念夏朝陽了，不知道她過得好不好。花蓮好山好水好睡覺，不曉得那個其實很會冬眠的女人，到底有沒有把自己睡成一頭豬？唉。

「阿莫，在想什麼？」燦燦走過來坐在我身邊，唇邊一抹淡淡的笑，白皙的臉頰上曬出淡淡紅暈，整個人看起來有精神多了。

「想妳什麼時候會再昏倒啊。」我故意開她玩笑，心裡其實覺得這種讓人腦袋細胞會瞬間死一半的事，還是不要再發生比較好。

「哪有那麼簡單就昏倒？這種特技也不是隨便什麼人都能看到的耶，還是要陰德積得夠深的人才有機會見識呢。」燦燦難得跟我耍嘴皮子。

「言下之意是我素行良好，德高望重？」

「素行是良好，德高望重這句就有點言重了，你應該還沒達到那種境界吧！」

我笑笑，看著燦燦，卻很難再把她跟一年前我所認識的她連結起來，總覺得這一年裡，我們這些人當中，改變最多的是她，我看見她愈來愈明亮的笑容，還有逐漸開朗起來的模樣。

比起之前的樣子，我更喜歡現在的燦燦。

「燦燦，我覺得妳變開朗了喔。」我將手撐在身後，仰頭望向藍得透徹的天空，好像只要用力吹一口氣，那片朗朗晴空就會像一池被風輕拂吹皺湖面的湖水，泛起一圈又一圈的美麗漣漪。

「是嗎？」燦燦像唱歌般的好聽聲音鑽入我的耳膜裡，「我想，那是因爲阿莫的關係喔。」

出人意料的回答讓我馬上將目光從那抹蔚藍轉回到燦燦臉上，燦燦卻不看我，只是瞇著眼，望著依然灼熱得像會咬人皮膚的日光看。

「燦燦，不要直視太陽，會傷眼。」

我想起在老家時，老人家總是說，如果太常直視烈日強光，不僅會影響視力，還可能因此導致白內障。

雖然不知道老人家的說法是不是眞有任何根據，不過我覺得有些事抱持著寧可信其有的態度，總是比較好一些。

「我只是在記憶，記憶眼前的點滴美好，也許有一天，當我再也看不見這個世界時，至少我還能回憶，回憶波光瀲灩的美麗、回憶烈日灼灼的光芒、回憶風吹浮雲飄動的景致，回憶才能讓我深刻感受過自己曾經擁有……」

燦燦淡淡地回答我，她的每一句話都像巨大的鐘槌，狠狠地在我的心頭敲了一下又一下，每一下都讓我的心像被人用手擰住一樣地痛。

「燦燦，妳說的是什麼意思？」

我想我的眉頭大概是打結了，雖然很想說服自己說那是燦燦開玩笑的話語，但燦燦畢竟不是夏朝陽，她不擅長說謊或誇大，也沒有爲賦新詞強說愁那種無病呻吟的習慣，所以一聽她這樣說，我整顆心就忍不住像被什麼揪緊一樣，惴惴不安。

燦燦轉頭看我的那一秒，我看見她眼中閃過一種我說不上來的怪異情緒，像是惶恐不安，或是茫然無措的畏怯反應，但她很快又用微笑掩飾過去。

「阿莫擔心了？」她刻意偏著頭，滿臉燦笑，微微皺起鼻子的模樣看起來充滿稚氣，又有些調皮，讓我忍不住懷疑自己剛才是不是眞的被捉弄了。「我只是在說假設性的話嘛，人總是會老的啊，老了視力就會不好呀。」

才不是這樣！我心裡直覺做出這樣的反應，看著燦燦骨碌碌地轉動著黝黑清亮的雙瞳，卻不敢將焦點定睛在我的眼眸，又刻意在臉上佯裝出無辜的神態，我就覺得肯定她是有什麼事情在瞞著我了。

「燦燦……」

「啊，阿莫，你看大家玩得好開心，我們也去玩水好不好？」燦燦打斷我的聲音，站起身來在我身旁蹦蹦跳跳地像個小孩，又拉住我的手要我跟著她一起。

我根本連拒絕的機會都沒有，直接就被燦燦拉進水裡，不到幾秒鐘的時間，我馬上被慈幼社那堆瘋子當成公敵般地潑了一身溼。燦燦也好不到哪裡去，雖然我一直擋在她前面，可是水花不長眼，還是很無情地濺了她一身。

我很擔心燦燦羸弱的身體禁不起日曬或潮浪的撲打。她倒是玩得很開心，潑水、比賽水中閉氣、沙灘排球、海帶拳淘汰賽……樣樣都來。

一切彷彿顯得是我多慮了。

傍晚，大家玩得意猶未盡，有人提議乾脆在墾丁住一晚，辦個營火晚會或烤肉聯誼，就當是寒假帶活動的預先演練。

剛好副社長的一個親戚在墾丁有一幢民宿別墅，很幸運地這個星期沒有被租走，於是很阿莎力地說要免費讓我們住，連烤肉材料他也可以幫我們代購。

一夥人又浩浩蕩蕩地朝我們今晚的落腳地前進。一到達那間所謂的別墅，我們簡直傻眼了，豪華到一整個爆炸，屋子裡面應有盡有，甚至還有吧台跟廚具。冰箱一打開，琳琅滿目的飲品跟生鮮一應俱全，泡麵也是整箱堆放在廚房的櫥櫃裡，根本就餓不死我們。

房間雖然只有三間，但有一間裝潢成和室房，要塞下二十個人綽綽有餘。客廳有個角落被隔出一間大約一坪大小的小和室，還裝上活動拉門，和室木頭地板上放了一張懶人椅，面對一大片透明的落地玻璃，窗外是一整片綠草如茵的自然景緻，遠方還有層層疊疊的山巒。

燦燦一見著，馬上開心地奔到懶人椅上坐下，眺望著窗外一片橘紅的黃昏景色直嚷著好美、好漂亮。

色鬼阿邦馬上湊過去，席地坐在燦燦腳邊，打算來個才子佳人，不過他的詭計還沒得逞，馬上被我硬拉出來。

「幹麼啦？」阿邦滿臉怒氣，顯然很不滿意我這個半路殺出的程咬金。

「愛情誠可貴，麵包價更高，你不跟我去升火讓大家烤肉，難道要讓你的燦燦餓肚子嗎？」

「這種事……沒有我，你們也可以做啊。」阿邦的氣焰一下子就被我的話給澆熄，但他整顆心還懸在燦燦身上，巴不得現在馬上又飛奔回她身邊。

「你想讓燦燦覺得你是一個好吃懶做的米蟲，那也沒關係啊。」

「誰、誰說我好吃懶做啦？」

「難不成你一天二十四小時都黏著燦燦，她就會覺得你很勤勞？燦燦不是那種虛榮的女生耶，她會看你的整體表現，包括跟大家的互動或合群性喔。」

後面那兩句話我當然是唬爛的，我哪會知道燦燦是用什麼標準在幫男生打分數。說這些話純粹只是要刺激色鬼阿邦，免得我們汗流浹背地在那裡升火烤肉，他卻無事一身輕地躲在冷氣房裡談情說愛。

阿邦果然禁不起別人用話激他。我話才說完，他人馬上就衝到外面去，大聲嚷嚷說今天所有升火的工作全都交由他這個升火達人來做。

這個笨蛋！喊那麼大聲還不是爲了要吸引燦燦注意，燦燦又不會只因爲他那個「升火達人」的稱號就喜歡他。

人呆，果然看臉就知道了。

燦燦，妳說時間像張濾紙，層層過濾我們所有的歡喜悲傷，然而多年後再回頭，卻永遠只能看見那些絢爛的部分。

※

阿邦說得沒錯，他果然是升火達人。

他很快就升好五座烤肉爐的火，烏黑的木炭一下子就被燒得火紅。

放上烤肉架後，大家一窩蜂挑選自己愛吃的東西往架子上放。阿邦這次總算安分一些，沒再腳底抹油地偷溜到燦燦身邊去，他乖乖站在烤肉爐旁邊，說要烤一堆好吃的食物給大家吃。

我站在一旁充當他的助手，不過實在沒有我用武之地，所以我只好不斷地吃阿邦烤好的食物。

這人大概常常參加烤肉活動，不管是肉類或是蔬菜類的東西，他都可以烤得恰到好處，不會太老或太生，也不會烤焦，就連烤肉醬都加到味道剛剛好，一整個就是厲害。

「叔叔，您練過嗎？」我咬著阿邦烤好遞給我，香味四溢到大概連螞蟻都會流口水的香腸，巴結地問他。

「何止練過？都快可以開班授課了呢。」阿邦對於自己很在行的事向來就不會謙虛，我倒是很欣賞他這點美式作風。謙虛確實是種美德，但過分謙虛就太失德了，有種虛偽的感覺，大方承認自己的優點又不會少一塊肉。

我充分發揮「吃碗內看碗外」的精神，正要伸手拿他剛烤好放在托盤上的香菇串時，阿邦的手馬上打過來，一臉正經地問道，「燦燦呢？看到她沒？」

我左右張望了一下，並沒有在人群裡搜尋到燦燦的身影，「沒……」

聲音才剛從咽喉裡鑽出來，耳畔馬上傳來燦燦清脆上揚的開朗聲音，「找我做什麼啊？」

我轉頭，瞧見燦燦正拉著一臉彆扭的姚美麗，巧笑倩兮地站在我身旁衝著我笑。

「是阿邦在找妳。」我馬上舉起手指向阿邦，那沒用的傢伙一見意中人站在面前，整張臉瞬間爆紅又手足無措地兩眼發呆，害我忍不住在心裡笑他。你可以再沒用一些啊！就不信你對女人都那麼行，光一個燦燦就讓你擺不平了吧！嘿嘿。

「怎麼了？」燦燦的嘴角微微上揚，露出很好看的淺淺微笑，說話的聲音仍舊維持著不疾不徐的柔和語調，是讓人聽了會很舒服的聲音。

「沒啦，就、就想說妳都沒吃東西啊，所以烤了串香菇想給妳吃。」阿邦的臉還在紅，話也講得不怎麼順，還有一點大舌頭。

我咬著剛烤好的黑輪片，用看好戲的眼神看著阿邦，這個人平常老說要用什麼計策接近燦燦，有一次半夜還很過分地硬把我從睡夢中挖起來，說什麼他看了孫子兵法後，研究出幾招可以鬆懈燦燦的防禦，順利攻佔燦燦內心的攻略……結果現在燦燦人好端端地站在他面前，我倒要看看他那些計策啊、攻略的，倒底哪一招可以成功打敗燦燦銅牆鐵壁般的防守。

不過，我想就算阿邦的招式再多再花俏，大概也沒什麼用，他自己就曾經說過，一旦遇到自己眞正心儀的對象，他整個人就會像武功全廢一樣變得傻呼呼的。每當自己喜歡的人站在面前，嘴角就會完全不受控制地往上揚，心跳會加速，靈魂會放空……總之症狀很多、很複雜。「沒經歷過的人是不會明白的。」阿邦這樣說過。

「謝謝。」燦燦也不扭捏，伸出手就拿走阿邦手上的香菇串，我瞥見他臉上爽到幾乎要心臟麻痺的表情。

然而燦燦的下一個動作，可就讓阿邦的表情忍不住抽搐起來。

「美麗，給妳吃，妳整個晚上都沒吃東西耶。」

姚美麗低著頭，聲音低低地說：「不用啦，我不餓。」

我瞪大眼，不可置信地望著姚美麗，懷疑自己的耳朵是不是壞掉了，姚美麗居然說她不餓？

從我知道有她這號人物開始，她就始終是以「吃遍天下美食爲己任」這個目標活在地球上的，而且食量驚人到一種無遠弗界的地步，我一看到她吃東西的食量都自嘆不如了。我曾經偷偷猜想，姚美麗的胃大概是個無底洞，就算才剛吃過一堆東西，一旦有美食擺在面前，她還是會肆無忌憚地大吃特吃，彷彿餓了有一整個世紀那麼久。

可是現在她居然說她不餓？

阿邦也同樣一副下巴快要掉下來的表情。

「怎麼會不餓？妳整個下午都沒有吃東西耶，來，快吃一點。」燦燦硬把手上的香菇串塞進姚美麗手裡。

「眞的啦。」姚美麗繼續推辭，「而且、而且我要減肥。」

「啊！」我跟阿邦同時驚叫出聲。

如果不是我的聽力壞掉，就是姚美麗的胃殘廢了，才會出現這種詭異的答案。

她居然說她要減肥？有沒有這麼誇張的事啊？

「減什麼肥？妳又不胖！」燦燦佯裝生氣地恐嚇姚美麗，「妳都不吃的話，我就要生氣了喔。」

溫柔又善良的燦燦，簡直是小天使的化身，她拚命說服姚美麗說她根本就不胖，頂多算是豐腴，而且她就是要這樣才可愛，才是大家認識的姚美麗。

姚美麗在燦燦的說服下，勉爲其難地拿著香菇串，一小口一小口吃起來，一點也沒有之前大口吃喝的爽朗模樣。

我看了還眞不習慣，因爲太怪了，所以眼睛忍不住多停留一些時間在姚美麗身上，這才發現，她的眼眶跟鼻子都紅紅的，眼睛水水潤潤，好像快哭出來的樣子。

燦燦什麼話都沒再多說，拿了一支烤肉夾，又抓了幾串雞肉串放在烤肉架上說：「我也來烤一些東西吧。」

阿邦跟我一聽燦燦這樣說，同時很有默契地拿懷疑的眼神盯著她看，卻不小心被燦燦抓包。

「幹麼這樣？我看起來一副像溫室花朵的樣子嗎？」

阿邦很討好她地什麼動作也沒做，只有我在一旁猛點頭。

「等等讓你看我的厲害。」燦燦朝我扁扁嘴，刻意裝出氣我瞧不起她的表情，但嘴角綻出一朵藏不住的淡淡微笑。

沒多久，燦燦烤好了幾支雞肉串，我試吃一串，發現她的功夫完全不輸阿邦。

「好強喔！」我叫，「妳怎麼辦到的？」

阿邦見我露出一臉讚賞的表情，也拿了一串去吃。

「我叔叔在夜市擺攤賣燒烤，我曾經在幾次寒暑假裡去他的攤位幫忙過，所以烤肉這種事情難不倒我。美麗，來，妳也吃一點。」

姚美麗又是一陣推辭，講的也仍舊是「不餓、減肥」之類的台詞，不過最後還是妥協在燦燦的堅持之下。

「姚美麗幹麼要減肥？」

烤肉活動散場後，跟燦燦一起收拾沒吃完的東西時，我悄聲地問她。

燦燦用眼神向我暗示坐在離我們不遠的阿邦說：「因為他啊。」而阿邦正跟一群人興高采烈地喝著小巴學長從墾丁大街買回來的啤酒。

「阿邦喔？為什麼？」

「美麗說她喜歡他，不過阿邦好像比較喜歡瘦一點的女生，所以她想變成他喜歡的那個樣子。」燦燦有點無奈地說。

真是個笨蛋！就算她真的變瘦了，阿邦也不見得真的會喜歡她呀！

「美麗說你講了一些鼓勵她的話，她還說，你告訴她等待就有希望，所以她想努力看看。」燦燦接著又說：「阿莫，你真的是一個很溫柔的人呢。」

啊，原來我也是罪魁禍首之一啊！我那時只是想著要說些什麼話安慰姚美麗，怎麼知道她居然把我的話當真。唉唉，阿彌陀佛，善哉善哉。

整理完之後，小巴學長跑過來問我們要不要過去跟他們聊一聊，燦燦說她不會喝酒，我酒量也不好，所以婉拒學長的邀請。學長又跑去邀姚美麗，想不到她一口答應。

「她心情不好，不知道會不會喝過量。」燦燦有些擔心地盯著姚美麗，目送著她朝那群一直起鬨喊「乾啦！乎乾啦！」的夥伴們走去的身影。

「沒關係啦，反正大家都是熟得不得了的朋友，她不會有危險的啦。」我安慰她，然後又轉頭問，「妳整個晚上也沒吃多少東西耶，會不會餓？」

「被你發現啦？」燦燦俏皮地吐吐舌頭，說：「其實我也不是那麼喜歡吃燒烤的東西，所以就……唉呀，沒關係啦，反正正好減肥。」

「減什麼肥啊？妳全身都快只剩皮包骨了還減啊？走走走，進去裡面，我煮泡麵給妳吃。」

「啊？真的嗎？」燦燦兩眼晶晶發亮，露出大大的開心笑容。

「不過只是煮碗泡麵而已嘛，這種小事還難不倒我啦！」我拍拍胸脯，表現出一副「有我就搞定」的樣子。「還是妳想吃別的？泡麵好像不怎麼營養呢！不然我找看看有沒有其他東西可以煮給妳吃好了。」

「不用啦，吃泡麵就好了，我喜歡泡麵。」

「好吧，那就泡麵啦。」我拍掌定案。

「哇啊，我怎麼這麼幸福啊？」燦燦兩手捧著臉頰，露出陶醉的幸福表情。

「妳可以再誇張一點沒關係。」我忍不住笑著用手指戳戳燦燦的額頭，有種微妙的感覺輕悄悄地從心底最深處鑽出，迅速蔓延。

燦燦，後來我才知道，這樣的微妙情緒，叫作喜歡。

✕

燦燦坐在高腳椅上，安靜地將下巴抵著安放在廚房吧台上的手臂，兩隻眼睛骨碌碌地盯著我看，隨著我的身影轉來轉去。

「要加顆蛋嗎？」我問。

「好。」

「青菜呢？」

「好。」

「要小白菜還是青江菜？」

「你喜歡就好。」

「小姐，東西是妳要吃的耶。」我失笑地轉頭看她。

「你喜歡我就會喜歡啊。」

「那我放辣椒好了。」

「……」

我再怎麼心狠手辣，當然也絕不可能對燦燦下毒手，所以講歸講，我還是選擇加些青江菜在泡麵裡。

把泡麵端上桌，燦燦低聲歡呼一聲後，迅速用筷子撈起碗裡的泡麵，吹了幾口，送進嘴裡時，開心地笑了。

「啊，好幸福喔。」吞下第一口泡麵之後，燦燦故意學日本人說話的聲音跟語調，微笑著說。

「一碗泡麵就能讓妳這麼幸福喔？」

我拉了一把椅子，坐到燦燦對面，看她露出滿足的幸福表情，心情也被她牽動，唇線的弧度於是輕輕上彎。

「當然啊！泡麵可以算得上是我心目中排行前十名愛吃的食物耶，平常都沒什麼機會吃，可以在這麼棒的晚上吃到這麼好吃的泡麵，當然覺得很幸福啊，而且這還是阿莫幫我煮的喔。」

看見燦燦露出那種幸福又滿足的笑容，我心裡被她牽扯出某種微妙情愫，一種彷彿只為燦燦而悸動的情緒，飽滿而充實地塡滿在胸口，化作急速跳動的心跳，不斷地在胸腔裡躍動。

我和燦燦對坐在吧台兩旁，我只是安靜地看著燦燦，看她小心從湯裡撈起麵條，用力吹涼，再送進嘴裡，邊喊燙又喊著好好吃喔的表情，覺得這樣子她眞的很可愛。

我不是第一次這麼近距離地坐在燦燦對面，卻是第一次這麼專注觀察燦燦的一舉一動。

燦燦時而溫柔、時而俏皮的模樣，是我認識的女生裡絕無僅有的。

她不像朝陽那麼倔強霸道、男孩子個性，也沒有勤美的優柔寡斷和孩子氣，燦燦大多時候都很溫柔恬靜，偶爾有些小小的淘氣與俏皮。她溫和的性格裡，隱藏著小小的倔強，遇到某些堅持的時候，不會輕易認輸。

外柔內剛，講的大概就是像燦燦這樣的女生。

燦燦有一對很漂亮的眼睛，即使她不說話，你仍能感覺她的眼睛彷彿正在向你傳達什麼訊息。阿邦說燦燦的眼睛會漏電，他常被電到腦筋完全空白。

我不是絕緣體，不過倒也還沒被燦燦的眼睛電到腦筋完全空白過，只是不時會被燦燦的一個眼神或動作紊亂了心跳。

「阿莫，發什麼呆呀？要不要吃一口泡麵？很好吃喔。」

飄遠的思緒被燦燦的聲音一下子拉回來，一回神就看見她夾了一大口麵送到我嘴邊，要我吃一口。

「嚐一嚐嘛。」燦燦不讓我有拒絕的機會，強迫我吃下她爲我吹涼的那口泡麵，見我乖乖吃下後，才滿意地揚起笑，「怎麼樣？是不是人間美味？有沒有很幸福的感覺啊？」

我像個聽話的小孩子般乖順地點頭，心跳卻又不安分起來。燦燦她不知道，給我幸福感覺的，並不是泡麵，而是她眼波流轉間的某種情意，化作一種觸動心弦的悸動，擺盪在胸口，久久不散。

洗過澡後，我半點睡意也沒有。有些夥伴早就抱著棉被呼呼大睡了，小巴學長他們那群人依然在屋外，邊玩數字拳邊喝酒。我也走到屋外，在別墅附近找到一塊大石頭，然後坐上去，看著滿天星斗。

這裡離別墅有一小段距離，小巴學長他們嬉笑玩鬧的聲波，不時地從遠處傳過來，不過這裡確實安靜多了，可以聽見一陣陣蛙鳴和蟲叫的自然樂音。入夜後的墾丁，有別於白晝的炎熱，沁涼的晚風中，清楚感受到秋天的蕭瑟。

我望著天空，靛藍色的夜空中，隱約能看見幾朵深灰色的雲朵緩緩飄動，明滅閃爍

的星子布滿天空，我很快就找出北斗七星的位置。這也沒辦法，所有的星星裡，我也只認識北斗七星而已。

冷風一陣一陣吹過來，我不是故意逞英雄，在這種沁涼的氣溫中穿著短袖上衣，好展示自己的手臂肌肉（也沒什麼好展示的，我根本就是肉雞一枚），身上的豎毛肌很誠實地收縮起來，雞皮疙瘩爬滿我的身體。

腦袋裡還回憶著剛才在廚房裡的情景，不想還好，一想，心跳的節拍就誠實地亂了節奏，有股淡淡的甜蜜感受，輕輕地在心底發酵。

「阿莫，在做什麼？」

燦燦無聲無息地走到我背後，乍然發出的聲音，結實地嚇了我一跳。

我轉頭，黑暗中看見她盈盈的笑。

「在等看看會不會運氣好看到鬼啊。」

我開玩笑，本以爲燦燦應該會跟一般的女生一樣害怕尖叫大罵討厭，想不到她一聽，居然兩眼發亮，「眞的嗎？那我也要看。」

「妳不怕？」

燦燦搖頭，擠到我身邊，跟我並肩坐在大石頭上。

「等一下眞的出現時，不要嚇得尖叫個不停喔，我是說眞的，墾丁以前是古戰場，

會看到鬼的機率眞的不是沒有。」

我故意嚇她，古戰場的位置當然不在我們住的這一區，不過阿飄無所不在，也不能說我們在這裡就一定不會看到它們。

「反正阿莫會保護我。」燦燦跟我靠得很近很近，她的髮絲輕輕拂在我的手臂上，更搔進了我的心。「不管什麼時候，阿莫都會保護我，我知道喔，我一直都知道的。」

黑夜裡，我看見燦燦晶瑩剔透如水晶般的黝亮黑瞳，閃著堅定柔和的光芒，透過我的眼睛，投射進我心底深處那片平靜的湖面。

我的平靜再也僞裝不了，一圈又一圈的波動，在心裡逐漸擴大展延，眼神交會的瞬間，我看見我們的故事。

綿延恆長、悲喜交錯，屬於燦燦跟我的故事。

燦燦，妳說愈繁華的城市，寂寞愈龐大，笑得愈開心，心裡的空虛就愈強烈。

✕

我以爲我跟燦燦之間會有什麼猛爆性的發展，最後證明，一切都只是我想太多。

墾丁回來後，曾有的絢爛終究還是回歸平淡。

燦燦依然是那個溫婉嫻靜愛笑的燦燦。

阿邦依然是那個天天都說要用什麼招術，好順利攻進燦燦內心深處，總是說比做還簡單的阿邦。

而我，也依然是每天陪燦燦聊天或吃飯，冷眼看阿邦到底什麼時候可以成功攻頂的阿莫。

一切都如往常，時間仍舊如梭地飛越，太陽周而復始地東升西落，冬天的腳步依然緊湊地追趕在楓紅之後，我們也依然天天往社辦跑，過著每個星期固定開一個怎麼也討論不出什麼結果的會議的日子……什麼都沒變，唯一不一樣的，是姚美麗的轉變。

墾丁回來後，姚美麗彷彿變了一個人。

她積極地減肥，每天不是啃蘋果，就是像牛一樣嗑一堆生菜，本來我以為她只是一時興起，直到她的減肥計畫進行了半個月後，我才驚覺她是認眞的。

燦燦很擔心她，怕她減肥減過頭會得厭食症，倒是罪魁禍首一點也不以爲意，還用風涼的語氣說：「這樣很好啊，她得讓自己瘦一點，才有機會把自己銷出去。」

眞是太沒人性了！

阿邦給姚美麗的刺激不僅僅只是身體上的，還有心理上的。姚美麗變得安靜許多，以前那種瘋瘋癲癲的無厘頭表現收斂了很多，人前人後都顯得沉默。偶爾仔細看她時，會不小心撞見她眼裡那抹令人心疼的憂悒，像困在自己的小小世界裡，別人走不進去，她也沒打算走出來。

小巴學長說這樣的姚美麗多了點成熟美，我卻跟燦燦一樣擔憂起來，怕她再這樣下去會不會得憂鬱症。

「只要不是躁鬱症就好。」

沒人性的阿邦仍舊是一副事不關己的欠扁樣。

「憂鬱症跟躁鬱症有什麼差別？」

「憂鬱症頂多是傷害自己，躁鬱症就有可能會去傷害別人啦。」

「靠！李彥邦，是不是人啊你？姚美麗會變這樣到底是誰害的？」我被阿邦那種風涼不關己事的冷漠態度激怒了，從椅子上跳起來，緊握的拳頭差點揮過去。

「這麼生氣幹麼？要幫姚美麗出頭喔？」阿邦被我嚇了一跳，直覺往後跳了一大步，將我們的距離又拉開一大段。「你該不會是心疼她了吧？還是……不會吧？阿莫，你喜歡姚美麗喔？」

「喜歡你的大頭啦！」我瞪他，我只是爲姚美麗的付出抱不平，她幹麼要爲一個不愛她的人改變？一點都不值得。

「那你爲什麼那麼關心她?」

「因爲姚美麗是我們的夥伴，我們的家人。」

想想也眞神奇，之前被燦燦拉進慈幼社時，我還滿心哀怨和抗拒，但時間一久，跟社團裡的人朝夕相處過後，竟也自然而然地產生一種歸屬感，大家彷彿就像一家人一樣，所有的喜怒哀樂，都會想跟那一大家子裡的每個人分享，也會捨不得任何人受到什麼委屈或難過。

「所以?」

「所以禁止你再做出任何傷害她的事。」我的表情跟語氣都很嚴肅，阿邦一看就知道我不是在跟他開玩笑。

「我哪有做出什麼傷害她的事?」阿邦大叫，爲自己抱屈。

「哪裡沒有?去墾丁那天，你對她說的那些話跟看她的眼神，不要說是她，連我看了都覺得很受傷，而且你脾氣像牛一樣，叫你去跟她道歉，你還死不肯。」

「我又不覺得我有做錯什麼，幹麼道歉?」這個死人頭還在嘴硬。

「好啦!反正你是一根朽木，我再怎麼雕也雕不出個屁來。」我看我還是乖乖閉嘴，免得被他氣死。

時序很快地來到十二月，隨著耶誕節腳步的逼近，大街上開始有了歡樂的氣氛。

學生活動中心爲了讓我們這些被一堆原文書壓到欲哭無淚的莘莘學子，可以感受到耶誕節氣氛，貼心地在校園裡的樹幹上纏上紅紅綠綠的小燈泡，每當夜晚來臨時，那些閃著各種顏色的燈泡，果眞讓平凡的校園增添些許外國人過年的快樂氣息。

阿邦從一個星期前，就開始計畫該怎麼邀燦燦一起去參加學校的耶誕節舞會。

每當阿邦一開始又打算對燦燦有任何追求攻勢時，我永遠都是最倒楣的那個人，他總是不分白天晚上，只要一抓到我就開始詢問我的意見。

「你覺得我是寫卡片約她，或打電話比較好？」

「都好。」

這已經是阿邦這個星期以來第五次問我了，問到我都快失去耐性。

「那我開頭要怎麼說？如果說：我想請妳跟我一起去參加耶誕舞會。這樣會不會太直接了？」

「你拐彎抹角要怎麼問？當然是直接一點好。」

「萬一她不答應要怎麼辦？萬一她答應了，那又要怎麼辦？」

阿邦已經完全呈現焦慮狀態，而且隨著舞會日子愈接近，他愈焦慮。

「我看你乾脆約姚美麗去好了。」

「我瘋了嗎？」阿邦狠狠瞪我一眼，完全不考慮我的提議。「姚美麗根本不是我的菜。」

「你別笨笨地搞不懂，把佳餚當廚餘，聽說姚美麗這一瘦下來，身邊已經出現追求者了呢。」

我這句話眞的不是在騙阿邦，這件事我也是今天才從小巴學長口中得知的，姚美麗努力了這一個多月的時間，成功地減了近十公斤，身材雖然還算是豐腴，不過比起之前已經明顯瘦了一圈，據說那個冒出來的追求者，是在操場看見正在跑步減肥的美麗，被她認眞跑步的精神吸引，又觀察了一陣子後，才對她採取行動的。

「喔？那恭喜她。」阿邦無動於衷，話鋒很快又轉回要邀燦燦去舞會這個話題上。只是再怎麼討論，依然討論不出什麼結果。

阿邦還問我如果他買了一堆氣球，然後在每個不同顏色的氣球上各寫上一個字，那些字剛好湊成幾句邀燦燦去參加舞會兼告白的字句，再把那些寫上字的氣球全依序地綁在社辦的椅子上及各個角落裡，那燦燦看到會不會很感動？

「我怎麼知道燦燦會不會很感動？」

不過我肯定萬一被姚美麗看到，她一定會很心痛。

燦燦，妳說每個人都是為了遇見另一個人才來到這個世界，所以妳遇見了我。

✂

兩天後，阿邦苦喪著一張臉，正式宣告他被燦燦拒絕的消息。

「她說她有約了。」阿邦一副快哭了的表情，「阿莫你說，燦燦是不是有男朋友了？」

「我哪知道啊？」

嘴巴雖然這樣說，不過我想可能性不大，燦燦並不是那種愛搞神祕的人，如果她有男朋友，多少總有些徵兆，應該不會隱瞞得這麼徹底才對。

爲此，阿邦的心情持續低迷了好幾天，直到耶誕節那天下午，他終於一掃前些天的陰霾心情，蹺掉兩堂課，回家仔細梳洗打扮一番，說已經跟同學約好要一起去參加舞會，他同學還說要介紹社團裡的正妹給他認識。

我向來對舞會那種場合不是很有興趣，震耳欲聾的音樂跟撼動人心的低沉鼓音，總會讓我不自在，所以當阿邦問我要不要跟他一起去時，我馬上恢復宅男的身分。

「好好玩啊。」阿邦出門前，我對他說。

「一定一定。」阿邦滿臉燦笑，「我去看看我同學說的那個正妹長怎樣，如果不錯就介紹給你。」

「介紹給我做什麼？你喜歡就留著自己慢慢享用啊。」

「你有目標我才放心啊，這樣你才不會跟我搶燦燦。」

他嘻嘻一笑，然後「碰」地一聲關上門，出去了。

我怔怔望著被阿邦關上的那扇深褐色鋁門，呆愣地想著他說的那句「搶燦燦」這話的意思，雖然明白他或許只是一時口快，有口無心地說出那句話，但不知怎麼地，我就是覺得聽起來很彆扭。

在客廳裡傻坐了幾分鐘後，實在是太無聊，撥了夏朝陽的手機號碼，響了幾聲後，直接轉入語音信箱。

前一陣子，我很意外地又跟夏朝陽搭上線，原來那女人還沒把自己睡成一頭豬，相反的，據她自己的說法是，她現在行情正夯，系裡好幾個同學跟學長都追著她跑，讓她很煩惱。

我按下手機的結束通話鍵，今天這種節日，夏朝陽這女人八成是約會去了。

丟掉手機，我在房子裡晃來晃去，又不知道該做些什麼消遣才好，只好拿著遙控器不斷地切換頻道，全部的頻道都瀏覽過一遍後，還是找不到一個吸引我的節目。

遠方不斷傳來耶誕節的歡樂樂曲，我坐在客廳裡，卻覺得好孤單。

情人節跟耶誕節都一樣讓人討厭，那都是屬於情人的節日，每當看到那些雙雙對對纏綿得幾乎要捲成麻花捲的戀人們，我就覺得刺眼。

別人愈是甜蜜，我的寂寞就愈龐大。

正無聊得發慌時，門鈴響了。

打開門，竟看見燦燦堆滿笑容的臉。

「耶誕快樂！」照見我驚訝的表情，燦燦笑得更開心了，「耶誕老婆婆要來送你耶誕節禮物囉！」

燦燦一說完，她身後馬上有顆頭探出來。

「嘿，阿莫。」

居然是勤美！

我一雙眼睛瞪得大大的，直盯著勤美看，訝異得完全說不出話來。

「喂喂，阿莫，你怎麼還是一副呆頭呆腦樣，一點長進都沒有啊？」

勤美見我傻掉的模樣，忍不住動手推推我。

「喂，有沒有禮貌啊妳！」被勤美這一虧，我終於回神。

「啊，好懷念喔，用這種語氣講話的阿莫，就跟我記憶裡的一模一樣。」

勤美的臉上綻著大大的笑容。

我仔細端詳站在我眼前的勤美，發現她似乎有一點不一樣了，她的頭髮留長了，髮尾燙起浪漫的大波浪，還染了一頭淺棕色的髮色，整個人多了一點都會成熟美。

勤美變漂亮了，我深深地覺得。

不過那種「唉喲，勤美妳變得好美喔」之類噁心巴拉的恭維話，我完全不敢說出口，勤美這傢伙尾椎很容易翹高，我怕那種好聽的話說出口後，她會馬上驕傲起來。

她走過來，勾起食指手指，敲了兩下我的額頭，大刺刺地說：「幹麼？一整個大失魂，是看到美女被嚇傻了嗎？」

說完，勤美還三八兮兮地刻意搔首弄姿一番，把一旁的燦燦逗得摀嘴猛笑。

「方勤美，好久不見，妳怎麼會愈來愈三八？」

「欠揍喔你！講那什麼鬼話？」勤美一拳擊在我胸膛上，結結實實地讓我忍不住嘶嘶喊痛。「我這叫活潑、親民、不拘小節，你懂不懂啊？」

「是、是，您說得是。」

好熟悉的感覺！讓我想起以前在寶哥的店打工那段時間，勤美也常這樣跟我拌嘴，開些無關緊要的小玩笑。

心裡某個沉睡的角落，因爲勤美的出現，逐漸甦醒。很多很多的往事，就這樣被勾

勒出來，那些快樂的、悲傷的、幸福的、酸澀的，全都變成一道道珍貴的回憶，從記憶的泛黃盒子裡，一一流洩而出。

勤美像個好奇的孩子般在客廳繞來繞去，一下子走到廚房去瞧瞧，一下子又跑進去浴室參觀一番，一下子又問我的房間是哪一間，然後不經我同意地衝進去來個突擊檢查。

還好我平常習慣不算差，有隨手整理房間的潔癖，每次洗過澡後也會拿刷子順便刷洗一下浴室地板，不然肯定會被勤美的臨時抽查嚇到胃出血。

「阿莫，這裡只有你一個人住嗎？」

參觀完，勤美站到我面前，一臉疑惑地眨著眼。

「沒有啊，我還有一個室友。」我頓了一秒鐘，連忙揚高音調地補充一句，「是個帥哥喔。」

原以爲勤美應該會眼睛發亮叫我介紹給她認識一下，想不到她一點也不爲所動，只是很酷地說：「那你的生活應該很乏味。」

「嗯？」我不懂勤美的意思，男生跟另一個帥哥住是件很乏味的事？

「男生的浴室裡不是應該都會掛上裸女畫，房間牆上應該要貼上輾show girl的海報，枕頭下多少也壓幾本AV女優的寫眞集，CD盒裡應該要放滿A片VCD呀！可是你都沒有……」

「到底是誰灌輸給妳這種奇怪的想法？」我瞪大眼，很疑惑勤美是從哪裡聽來這種奇怪的邏輯。

「不是應該都這樣嗎？」勤美一本正經，不像是在跟我開玩笑的樣子。

「並不是所有的男生都是用下半身思考的吧。」

「是這樣嗎？」

勤美怔怔地看著我，像在想什麼似地不發一語，眼睛穿過我，彷彿望向某個遙遠的地方。我從她的眼神中，看見夾帶著淡淡憂傷的迷惘。勤美凝望的是一個對我而言陌生的境地，那是我無法涉足的世界。

我轉頭看看燦燦，燦燦明白我的疑惑，只是輕輕地皺起眉頭，給我一個她也不知道到底是怎麼回事的表情。

那天晚上，燦燦帶我們到市區某個巷弄裡一間別墅咖啡餐廳，度一個專屬我們的耶誕節。

勤美的情緒很快就恢復，整個晚上，她不停地講著話，講到連我都覺得她吵。

可是勤美再怎麼聊，都是聊著別人的事，每次話題只要繞到她身上，她就會四兩撥千金地又把話題繞開。

「所以肉腳阿莫，你跟燦燦朝夕相處這麼久，居然還沒有追到她？」

勤美一句話完全塞住我的口，我下意識地又把眼光移向燦燦，向她求救，燦燦明白我的不知所措，於是輕輕淺淺地笑著，用不慌不忙的語氣說：「像這樣當朋友，感情更能永恆呀。」

「永恆可以做什麼？瞬間的燦爛才有美麗的火花。」勤美說：「轟轟烈烈的過程才夠深刻，我喜歡那種像煙火一樣『咻——碰！』的愛情，要愛到心痛痛的那種。」

「妳有被虐狂啊？愛到心痛痛的，那不是得了心臟病才這樣？」

我忍不住又插嘴，卻引來勤美的白眼。

「你這個戀愛智障閉嘴啦，不懂就不要亂說，沒見過像你這麼笨的，老天爺都安排機會讓你跟燦燦念同一間學校了，還刻意把你們湊在同一個社團，你居然這樣都追不到燦燦，改天要是燦燦被別人追走了，你就會知道什麼叫愛到心痛啦。」

「很奇怪耶妳，燦燦在說妳都沒在聽嗎？她說像這樣當朋友，感情更能永恆啊。」我反擊。

「那是幫你這個笨蛋緩頰的話啦，你真的笨得很徹底耶，呆死了。」

勤美跟我一人一句地吵來鬧去，燦燦卻始終靜靜地捧著一杯不加糖的熱紅茶輕輕啜飲著，眼睛彎成兩枚朦朧新月，安靜恬淡得宛若不沾塵世的精靈，偶爾跟我眼光交會時，她會對我露出溫柔的淺淺微笑。

也許，並不是只有椎心刺骨的感情，才會讓人刻骨銘心的，有些時候，淡如晨風的溫暖撫觸，輕輕掠過心頭，便成就一個永遠，忘也忘不了。每每記憶起，心就會微微抽痛，卻流不出淚，就這樣不知所措地任由它在心頭擱淺。

燦燦，不是所有刻意想要忘記的事情都忘得了，我想那是因為記憶太沉重的關係。

⁂

隔天，我在燦燦的小套房裡的沙發上甦醒過來。

我不知道自己到底睡了多久，只看見窗外耀眼的陽光，透過燦燦粉紅色的落地窗簾，用力地散發光和熱。

這是我第一次進到燦燦的小套房。房間裡面充滿了女性化的擺設，燦燦偏愛粉紅色的東西，不只窗簾，就連床罩跟桌巾都是粉紅色的，床頭櫃上還擺了一隻粉紅色的天使Kitty夜燈。

隱約間，我聽見廁所傳來講話聲，直覺大概又是方勤美那長舌婦在講電話。

那女人昨天跟我們去喝咖啡時，一個晚上電話響了十幾二十次，一副很有行情的樣子。而且她只要一講起電話，就會刻意壓低音量，臉上露出嬌羞的模樣，十足淪陷在愛情裡的小女人樣子。

我跟燦燦都覺得她應該是交男朋友了。不過，追問勤美，她卻死都不肯說，只說是學校同學打電話找她，祝她耶誕節快樂之類的。

轉過頭望向燦燦的床上，燦燦也早就起床，我撐起身子，看見小茶几上放了幾片土司，跟一盤煎了三顆荷包蛋和幾片火腿片的盤子，還有一罐家庭號的牛奶。

燦燦並不在廚房。

「妳這樣不行啦，怎麼都不定時定量……」

勤美的聲音又急又快，這女人一早就這麼活力十足，我看她要活到九十九歲應該不是什麼大問題。

「會痛嘛。」是燦燦的聲音。

我好奇地豎起耳朵，想聽聽到底是發生什麼事，能夠讓勤美這樣又氣又急，她向來都十分愛護燦燦，即使常常對我大吼大叫，面對燦燦時，卻總是輕聲細語，好像很怕自己稍微大聲一點會把燦燦嚇跑似的。

「就算痛也要扎啊，妳這樣我會很擔心耶，自己的身體要自己照顧好嘛，不然、不然……」

勤美的聲音一哽咽，我的好奇心就瞬間擴大，於是我躡手躡腳地走到浴室門口，雖然明知偷聽別人的對話很不道德，不過我很快說服自己那是因爲想要關心朋友的緣故，並不是眞的有心偷聽人家的祕密。

「勤美、勤美，沒那麼嚴重啦，眞的喔，我覺得南部的氣候跟陽光都讓我有很光明安心的感覺，醫生說過，心情保持愉快對病情會有幫助喔，我覺得我已經好很多了啦。」

我可以想像燦燦臉上那抹輕淺的笑，還有她輕攬著勤美的肩膀，安慰勤美的溫柔模樣。

「才怪！妳這個人最會忍耐了，就算痛到快死了，還是會笑笑地跟別人說妳沒事，燦燦妳最討厭了啦……」勤美一說完，「嗚」地一聲又哭了。

「噓，勤美小聲一點，妳這樣會吵醒阿莫啦，好啦好啦，我答應妳，以後都會乖乖扎針，好不好？」

「發誓。」勤美任性又孩子氣地央求燦燦。

「好，我發誓。」

然後是一陣短暫的沉默。幾秒鐘後，我聽見方勤美亂沒氣質地擤著鼻涕的聲音，接著，她說話的聲音像埋在衛生紙裡，模糊地傳來，「我要叫阿莫好好看緊妳，要是妳再不乖乖聽話，我就從台中殺下來打妳。」

「是是是，老大。」

「跟妳講正經的，妳不要跟我嘻皮笑臉嘛。」

「好好好，遵命。」

「又來了，每次跟妳講這個，妳就開始打哈哈，好像事不關己的樣子。」

「因爲眞的沒那麼嚴重嘛。」

「妳又不是醫生，說了就算喔？」

「唉喲，我餓了耶，勤美，我們去把阿莫挖起來吃早餐吧。」

一聽見燦燦這樣說，我連忙三步併兩步地衝回沙發上躺好，假裝自己依然熟睡。

沒多久，我聽見浴室門開的聲音，一個腳步聲慢慢踱近我。

「阿莫。」

燦燦的聲音細細的，好像怕把我嚇醒一樣。我繼續假寐，燦燦又喚了兩聲後，低下頭來看我，我聞到她頭髮上好聞的洗髮精味道，感覺到她平緩的呼吸吐納間的氣息，她突然湊近，讓我的心跳不安分起來。

沒兩秒鐘，另一個腳步聲出現。

「還在睡？」勤美問。

「嗯。」

燦燦的臉終於稍微拉開距離，我有一種鬆了一口氣，又有一點失望的矛盾心情，很衝突地在心頭拉扯著自己的情緒。

「叫不起來？」

「好像睡得很熟。」

「這樣啊……嘿，那正好，等我一下，我來叫醒他。」

勤美的聲音迅速飄遠，沒多久，我又聽見她腳步聲急急地朝我這邊跑過來的聲音。

「勤美！」

燦燦略爲驚訝的聲音讓我心裡頓時不安起來，這個方勤美到底要對我做什麼事？

「安啦安啦，包在我身上啦，叫人起床我有絕招，沒人比我強的。」

一聽到勤美再三掛保證，我的皮馬上繃緊，很怕她等一下會突然在我耳邊大吼大叫，硬生生嚇跑我的三魂七魄。

不過等了半天，勤美並沒有大吼大叫企圖嚇死我，她只是拿了不曉得什麼東西，在我臉上畫來畫去。

就在她正努力地畫我的右臉時，我伺機裝作自己被吵醒般地動了動身子。不動還好，我這一動，方勤美那傢伙反而快速地在我右臉上塗塗抹抹，接著動作敏捷地將目標迅速移動到我左臉上。

我深怕這女人得寸進尺，馬上假裝自己剛睡醒，故意伸伸懶腰，順便裝作不經意地伸長手打了方勤美的頭一下，然後故作姿態地揉著眼睛，心裡咬牙切齒地想著：方勤美這下妳死定了妳。

一轉頭，就看見勤美摀著頭，又忍不住跟燦燦努力憋著笑的模樣，而勤美手上還拿了一支口紅。

透過燦燦床邊的書櫃玻璃反射，我看見自己的臉被畫成一隻大花貓。勤美把我的鼻子一整個塗紅，兩邊的臉頰還歪七扭八地畫了幾根不對稱的鬍鬚。

「方、勤、美！」

我一叫，勤美連忙拔腿就跑，我在房間裡追著她跑，沒多久就抓到她拿著口紅的那隻手，一把搶過口紅之後，我順勢把她抓到沙發上，按住她的頭不讓她亂動。

此仇不報非君子。

敢把我畫成大花貓，我就在妳的臉上畫王八烏龜，看這樣是誰比較糗。

勤美拚命求饒，我卻一點也不爲所動，堅持在她臉上完成自己的圖畫。

畫完後，勤美這傢伙居然還特地跑去照鏡子說我畫得很讚，充滿天分。

「神經病！」我啐她，然後走進浴室裡準備洗掉臉上那堆亂七八糟的口紅。

勤美卻突然跑過來關掉水龍頭，突發奇想地說：「我們來玩眞心話大冒險，輸的就頂著大花臉去跟路人告白。」

「我不要。」我直接拒絕。

「阿莫你到底是不是咖啊？孬掉了啦！只是玩個遊戲，怕成這樣！」

「我、我哪有怕啊？」

居然說我孬？我堂堂男子漢大丈夫，被個娘兒們說孬，這種丟臉的事恐怕連我們莫家祖宗地下有知，都會忍不住起死回生，跳出來大罵我不孝。

結果當然是可想而知，我被方勤美設計，頂著大花貓臉去跟路人告白。

我躲在騎樓下的柱子邊觀察了好久，決定跟一個年約六歲的小女孩告白，免得因爲胡亂告白而被亂刀砍殺橫死街頭。但我才一站在小女孩面前，話都還沒說，小女生就被我嚇哭了，更倒楣的是，我居然還被她媽媽拿皮包硬生生地敲了好幾下頭，痛得我眼冒金星，然後頂著「變態」這個頭銜，奔回勤美跟燦燦身邊。

沒良心的勤美眉開眼笑地笑個不停，還是善良的燦燦關心地問我會不會很痛，大大地貼心。

俗話說，最毒婦人心，果然是眞的！

燦燦，總覺得我們短暫的相遇，必然是上帝刻意的安排，「思念」是祂給的課題。

※

勤美只停留兩天，就決定要回台中去。

中午，我們還在吃午餐，燦燦就一直捨不得地慰留勤美。

勤美的電話幾乎是奪命連環call，我計算過最誇張的，是半個鐘頭響了十三次。

如果我是方勤美，我一定砸爛那支手機。

不過很可惜我不是方勤美，而手機的主人也甘之如飴地不停接著一通又一通吵個不停的電話。

「反正寒假就快到了呀，我們很快就又可以見面啦。」勤美側過身，隔著座椅扶手，用力給燦燦一個擁抱。

燦燦的眼眶紅起來，盯著勤美半天說不出話來，我看到這麼煽情的畫面，很有自知之明地閉起嘴巴，乖乖把頭埋進我的牛肉麵裡去。

午餐後，這兩個女人又離情依依了良久，勤美才坐上我的摩托車，讓我載到火車站。

「阿莫，你可不可以答應我一件事？」路上，勤美用認真的口吻問我。

「妳說。」

「你可以多幫我留意一下燦燦嗎？」勤美頓了頓，似乎在忖度該怎麼跟我說明燦燦的情形，幾秒鐘後才又開口，「燦燦有沒有跟你說過她的狀況？」

「妳是說燦燦的貧血跟低血壓嗎？」

「啊？」勤美稍稍吃驚，隨後聲音有些低沉下去，「她是這麼說的嗎？」

「嗯。不過我覺得她一定在騙我，她曾經有兩次差一點在我面前昏倒，我直覺她的狀況一定不僅僅只是貧血或低血壓那麼單純而已，這麼說好像有點缺德，畢竟燦燦是我們的朋友，但我覺得她的身體狀況一定比她自己說的還要嚴重，她或許是不想讓大家替她擔心，所以從來都不對我們講太多關於她自己的事。」

我話才一說完，背後就傳來勤美用力吸鼻子的聲音，這女人這兩天怎麼這麼容易多愁善感啊？

我正在心裡琢磨該說些什麼話來向勤美保證會好好幫她看顧燦燦時，勤美又出聲音了。

「……燦燦她、她的身體狀況……真的不是像她說的那麼簡單，也許有一天，她會先……離開我們……」

勤美的話像一記重拳，狠狠打在我的心臟上，揪緊而疼痛地紊亂了原有的規律節奏。我有不祥的預感。

「勤美……」

我的聲音有些乾，多希望下一秒鐘，勤美會突然大笑跟我說她是騙我的，笑我怎麼這麼笨、這麼好騙。可是等了好久，她都沒有笑，只是更嚴重地啜泣起來。

我惴惴不安地努力平穩握住機車手把的雙手，努力讓自己的顫抖不要那麼明顯。早該想到的呀，當我看見燦燦愈來愈蒼白的臉、逐漸羸弱的身軀，應該要有警覺了，更何況她還曾經有意無意地透露出部分訊息給我，如果我的腦袋不是那麼鈍，觀察力不是那麼弱的話，我應該要早一點看清楚的。

「所以阿莫，請你、請你一定要幫我的忙，記得幫我叮嚀燦燦按時吃藥，好嗎？燦燦她、她對我真的……很重要……」

勤美哭了又哭，聲音裡揚著濃濃的鼻音。

我心裡亂糟糟的，一時之間有種彷彿置身另一個世界的錯覺，所有的聲音全都哽在喉頭出不來，整個腦袋裡只是不斷地臆測著燦燦的病情，卻沒任何頭緒。光從她那兩次頭暈、血糖降低的徵兆，我實在很難猜出她到底是生了什麼病。

勤美不再說話了，我聽見她的啜泣聲飄散在空氣中。

車速很慢很慢。當自己整顆心都不在自己身上，而腦袋裡裝滿燦燦身影的同時，我沒有把握是否還有足夠的專注力去注意身邊突發的交通狀況，所以我只好以最安全的速度前進，連身邊的腳踏車都騎得比我快。

身後的勤美一頭栽進她的悲傷裡，也沒留意到我的車速，等到我們來到火車站時，才看到火車站外頭電子時鐘上的時間，居然距離勤美的火車出發時間只剩兩分鐘。

「勤美勤美，妳快來不及了啦！」

我推推身旁還失魂落魄的勤美，她抬起她哭得泡泡的眼睛，一望見時間，活力全都回來了。

「死阿莫，車騎得比烏龜還慢，我會被你害死啦！」她拔腿就跑，邊跑還邊罵我。還好她的車票我早上就先來幫她買好了，不然我的罪狀大概不只這樣。

陪她跑到月台入口，她頭也不回地衝進去，馬上消失在人群裡。

我有些失落地望著她消失在人潮中的那個點，卻怎麼樣也沒有辦法再從裡面搜尋到勤美的身影。

也許，緣分就是這樣。它要來的時候，怎麼擋都擋不住，它要離開的時候，也怎麼攔都攔不了。

我很懷念以前跟她們剛認識時的那段時光，那時什麼都不知道，所以很快樂。

只是，我們都已經回不到當初的那個時間點了，時間的洪流推著我們往前走，誰也沒有辦法抗拒，即使再不情願，還是只能隨波逐流。

我沒有後悔認識燦燦或勤美，因爲有她們，所以我的生命才會更加精彩，即使或許未來的日子裡會有缺角，我還是沒有辦法否認她們曾經帶給我的點點滴滴。

她們是我人生的行囊裡，最美麗的兩顆寶石。

我慢慢地從火車站走出來，緩步踱向我的機車。

手機響的時候，我正好從牛仔褲口袋裡掏出機車鑰匙，螢光綠的閃爍螢幕上一跳一跳地躍動著「三八方勤美」這個名字。

「趕上車沒？」我接起手機，沒等她說「喂」，劈頭就問。

「廢話，我可是號稱長腿姊姊方勤美呢。」

長腿個屁！不到一六〇的身高，腿可以長到哪裡去？

「妳是打電話來跟我炫耀妳的腿長的嗎？」

眞不敢相信，剛才還哭得稀里嘩啦的，現在居然馬上恢復元氣，還可以跟我臭屁。

「當然不是！」勤美喘氣的聲音很大聲，可見這個人平時一定沒什麼在運動，不然不會只跑那一小段路就喘成這樣，「……唉喲，光顧著跟你講話，害我跑錯車廂了啦！」

這也可以怪我？明明就是自己呆。

接著我聽到她一連串的「對不起」、「抱歉，借過一下」，好不容易聽見她對別人說「不好意思喔，這是我的座位」，知道她終於找到自己的位置。

「現在是怎樣？在跟我宣導禮貌守則嗎？」

「才不是，我是要跟你說關於燦燦的事啦。」

燦燦，我不想去在意別人口中的蜚短流長，我只想清楚妳心中的想法，就好。

※

像被一道魔咒困住一般，我開始四處留意燦燦的所有舉動，眼睛也總是隨著她來來去去，只要有她在的地方，我的眼睛裡就容不進其他人。

勤美並沒有確切告訴我燦燦的病情，她只是隱約透露，讓我自己去猜。

那天從火車站回來後，我開始急call朝陽，她依然忙到不接手機，最後我只好傳簡訊給她。

半夜，朝陽的電話終於打來，那時我正躲在溫暖的被窩裡跟周公打架，被她吵醒又不能有半句怨言，沒辦法，誰叫沒大腦的我，留言時只說「回電給我，任何時間皆可」，哪知道這女人眞的野到半夜才回電！

電話中，我把最近發生的事全告訴她。

朝陽在電話那頭沉默了半响，才開口，「我在想，燦燦該不會是得了什麼絕症吧？」

「我就是沒有頭緒，才打電話給妳呀，妳平時腦袋比我靈活，而且妳不是還有個什麼親戚在當醫生？」

「醫生？」朝陽疑惑的語氣讓我覺得自己是不是記錯人，但我明明就記得朝陽曾經跟我說過她有個什麼親戚在當醫生呀，難道眞的是我記錯了？

正懷疑自己的記憶力時，朝陽突然又用恍然大悟的聲音嘟噥著，「喔，你說我那個不成材的表哥喔？他婦產科的耶，去問他也等於是白問吧。」

我可以預見朝陽口中那個當婦產科醫生的表哥，若是聽見朝陽用「不成材」這三個字來形容他時，臉上頓時畫滿黑線，頭頂上一堆烏鴉集體低空飛過的錯愕畫面。

「我覺得啊，說不定燦燦是得了地中海型貧血喔！我聽說地中海型貧血嚴重起來也很可怕的，而且那種病也會讓人頭暈跟臉色蒼白，感覺跟你形容燦燦不舒服的樣子還滿像的耶。」

「地中海型貧血……」

我喃喃唸出這幾個字，心裡一點概念也沒有。光聽病名，直覺並不是什麼嚴重的病，貧血嘛，不是很多女生都會有嗎？也許只是燦燦體內的血紅素比較少一點，以前我阿嬤說過，女生只要多吃點動物的內臟，多多少少都能補血。雖然不知道老人家的這個論點有沒有任何根據，不過看我阿嬤活到九十幾歲還活力十足，罵起人來跟年輕時候沒什麼兩樣，我想她老人家的論點多少有那麼幾分說服力。

這麼一想，心裡確實踏實些，夏朝陽那傢伙卻依然在電話那頭自言自語著，「……不過如果是糖尿病，那可就麻煩了，這病啊……」

「唉喲，夏朝陽妳嘛幫幫忙，少沒知識跟常識了好不好？糖尿病耶，那不是老人家才會得的病嗎？燦燦才幾歲？」我打斷她的喃喃自語。

「你才沒知識又沒常識，還不看電視啦！哪一國法律規定糖尿病只有老人家才能得？你沒聽過有小朋友得糖尿病的案例嗎？那是一種遺傳性的病因，幾歲都有可能發作，你不懂就不要插嘴，還罵我沒知識，可惡！」

「燦燦才不是得什麼糖尿病咧，她要是得糖尿病怎麼會跟我要糖果吃？」光想就覺得不可能呀，糖尿病患者不是都不能吃甜食的嗎？

「血糖降低啦，不吃點糖果餅乾補血糖怎麼活命？」朝陽頭頭是道地向我解釋，順便講幾句充滿醫學專業用語，但我卻一句也聽不懂的話酸我，嘴巴很賤地拐彎抹角損我孤陋寡聞。

「……所以，妳覺得哪一種病的可能性大？」

朝陽又跟我說了幾個疾病名稱，搞到最後我整個人一頭霧水，完全不清楚燦燦患哪種病的可能性比較大。

「老實說，我也不是很清楚，我只是覺得什麼病都有可能，還是要問燦燦會比較準確。」

結果講了一晚上的話，還是半點突破也沒有。倒是這個看起來傻大姊似的夏朝陽，居然醫學常識那麼豐富，我以前竟然都不知道，這應該勉強算是今晚的一個收獲吧。

收線之前，我問朝陽什麼時候要回家，我超懷念那個燒考卷烤出來的地瓜的滋味，想不到她竟然說：「我接近過年的時候才會回去喔，大約只回去一個星期吧！」

「啊？才一個星期喔？妳到底在忙什麼？」

「修學分啊。」

「啊？你們學校有寒修喔？妳已經知道妳要被當啦？」

「呸呸呸，當你個頭啦！少在那裡烏鴉嘴。」朝陽啐了一聲，隨即換上輕快的語氣，繼續說：「我寒假跟我男朋友約好要一起騎腳踏車環島，順便培養感情嘛。」

朝陽故作嬌媚的聲音，瞬間讓我雞皮疙瘩掉了一地，連頭皮都發麻起來。

「妳交男朋友了喔？」

我的語氣有些訝異，還滲雜著一點點酸意。雖然很想大方地祝福朝陽，恭喜她多年來被學妹們誤認成學長的冤屈得以平反，終於獲得男人的青睞，正式以女生的身分跟男生交往。不過憑我跟她十幾年的交情，以及了解她過分單純及愚蠢的天性來看，實在很怕她會在感情上受傷。

「怎麼？你嫉妒喔？口氣這麼酸，剛吃檸檬啊？」

朝陽還是跟以前一樣，能夠輕易地就從我的眼神或講話語氣裡，猜出我的想法。

我總覺得這種默契很難得，只可惜，我們都不是彼此那個對的人。

「我是在擔心妳耶。」

夏朝陽幾乎等於是我的妹妹、我的家人，就算我是在杞人憂天，那也不奇怪，更何況她以前的戀愛率是零（如果那段怪怪的網戀不算在內的話），這算是她的初戀，萬一不幸失戀了，依夏朝陽那種一頭栽進去的傻勁來看，她就算不死也肯定只剩半條命。

「擔心我做什麼？我那麼冰雪又那麼伶俐，還凶巴巴呢！安啦，沒事沒事，沒人敢欺負我啦。」朝陽光用腳想也知道我的擔憂起源於何處，「倒是你，到底有沒有一點進展啦？跟燦燦朝夕相處那麼久，到底有沒有追到人家？」

這女人怎麼跟方勤美問的一樣？

「就跟妳說大家都是朋友嘛。」

「難道你一點都沒有喜歡她嗎？燦燦耶，溫柔美麗又可愛的燦燦喔，你別跟我說你對燦燦一點感覺都沒有喔。」

「我……」

我不能否認自己對燦燦有比朋友還要特別的喜歡，但我不明白這樣的喜歡到底是怎麼回事，只知道每次跟燦燦在一起，能看著她、聽她說話、感覺到她真實的呼吸，就會特別安心。

我喜歡燦燦在我身邊的感覺，有一種小小的幸福，找不到任何一個人可以取代，只有燦燦才能讓我有這樣的感受。

沒有人告訴過我，這種感受是不是一種愛情。我不明白，卻想要一直延續著這樣的曖昧，一直一直下去，永遠都不要結束。

但，那是愛嗎？

最後，我沒有把自己心裡眞實的話告訴朝陽，任憑朝陽再怎麼逼問，我還是情願不要那麼透明。

有些時候，我也希望能擁有某些自己的小祕密，藏在心底，只要自己知道就好。

結束通話後，我躺在床上，望著頭頂上那個沾著些許灰塵的吊扇發呆，明明剛才被朝陽吵醒時，睡眼惺忪得眼皮像有千斤重似地睜不開，現在卻怎麼樣也睡不著，一想到也許從今以後，朝陽再也不是我所認識的那個夏朝陽，再也不能跟我一起隨心所欲地勾肩搭背、一起咬一顆蘋果、喝一瓶水，不管她做什麼事，都要開始顧慮另一個男生的感受，心裡頭就感覺怪怪的，有種奇異又不舒服的情緒，像是一種……寂寞的感覺。

曾經是那麼要好的朋友，曾經形影不離，甚至才剛揮手道別說好明天見，一回到家，就又會忍不住拿起電話撥給對方，只爲了看到或聽到的一件芝麻小事，便急巴巴地想與對方分享。

可是一旦長大後，有了各自的生活圈，認識了更多更多的人、體驗了更多更不同的生活，過去那些美好的日子與記憶，便不知不覺被遺忘或拋棄了。

我想我很笨，總是不斷地回頭看，努力地攫住所有曾經擁有的美好，很擔心只要一個不留神，那些美麗的記憶，便會從我的腦袋裡掙脫飄遠，灰飛煙滅。

但我卻忘了很多事情，並不是一廂情願就能如願，就如同當我不斷緬懷過去而裹足不前時，夏朝陽並不知道。

她就如同夏日的朝陽般，充滿光明與熱力，還有一股不怕受傷的衝勁和冒險精神。她躍躍欲試地不顧一切衝進她的未來裡，不怕頭破血流地享受每個不一樣的明天，她擁有我一直沒有的樂觀跟勇氣。

她已經不再是我認識的那個夏朝陽了。

當那些我所陌生的人事物充塞在她的人生裡，她就已經逐漸在改變，變成一個我漸漸不熟悉的人。

這樣的轉變也許是好的，畢竟朝陽想過的是有別於過去的生活，她討厭一成不變。只是我卻不習慣。

我發現自己與她的交集愈來愈少的時候，心裡有種寂寞到彷彿連呼吸都會痛的錯覺，強烈地在心底發酵。

也許，生病的並不只有燦燦，我想我大概也生病了，一種名爲寂寞的病。

＊

之後有好幾次，我總嘗試著要向燦燦探詢她的身體狀況，但往往是話一到嘴邊，就又吞吐半天說不出來，最終只得乖乖地嚥回去。

於是我只能望著愈來愈削瘦、愈來愈沉默的燦燦，暗暗著急。

發現到燦燦異樣的，不只是我，還有阿邦。

有幾次，他抓著我追問爲什麼姚美麗減肥，瘦的人卻是燦燦。

每次我都只能搖搖頭又聳聳肩，不知道該怎麼回答。

燦燦的身體明顯變得更差，是在寒假過後，我們第一次召開社團學期研討會時。那次的會議，除了要選出新任的正副社長跟幹部之外，還要討論這個學期的行程，該到哪間小學或育幼院去辦活動。

整個會議冗長又無聊，大家一個寒假不見，好像要一次把憋了一段時間沒說出來的話全部倒出來，於是談論正事的時間遠遠不如閒話家常的時間。

那天輪到燦燦當紀錄，只見她安靜地坐在我對面，拿著筆努力地在會議紀錄簿上抄抄寫寫，擷取方才大家討論正副社長推派票選的重點。

坐在我身旁的阿邦正誇張地在向大家敘述他寒假去泡溫泉時，看到一對年輕情侶在水療區，若無旁人地抱在一旁角落卿卿我我，幾乎就快上演讓人噴鼻血的限制級畫面。

阿邦說著，大家聽著，坐在我對面的燦燦也正抓著筆，筆頭的滾珠流暢地在紀錄簿上滑動。然而當阿邦正講到他跟他朋友如何不動聲色，慢慢移動到那對情侶附近時，燦燦手上的筆卻突然滾落，筆管碰擊桌面的聲音跟阿邦講話的音量比起來微不足道，並沒有驚動到那些專心聽阿邦講故事的夥伴們，卻引起了我的注意。

我先是看了看那枝在桌面上滾了幾圈的筆一眼，隨即抬眼望向燦燦。

「燦……」

聲音才到喉頭，就哽住出不來，伴隨的是急遽加速的心跳，還有一點點的驚懼跟不知所措。我迅速站起身，因爲力道過大，以致於我坐的那把椅子重心不穩地往後倒，發出極大的碰撞聲。

這一撞，成功地撞掉了大家原本鬧哄哄的吵雜聲音，所有人的焦點全都從阿邦身上瞬間移到我這裡來。

我在一片鴉雀無聲的寂靜中衝到燦燦身邊，這時才有人發現燦燦的異狀，有幾個女生還因而驚呼出聲，大家開始手忙腳亂地以燦燦爲中心，圍成一個圈。

我扶住燦燦搖搖欲墜的身子，不由分說地橫抱起她，看著在我懷裡彷彿已經失去意識，還翻著白眼的燦燦，我心裡亂糟糟，嘴裡慌張地喊著，「餅乾餅乾，誰有糖果或餅乾啊？快點，快點救救燦燦……」

喊到後來，我已經有點想哭了，聲音也因爲哽咽而變得有些沙啞。

燦燦妳不可以倒下，不可以喔！燦燦妳要撐住，千萬不可以就這樣睡著不醒來，燦燦妳不可以的，知不知道？不可以……

也許只是幾秒鐘的時間，我卻覺得彷彿有一世紀那麼久，終於有人遞了幾片餅乾給我，我拿著，慌亂而急促地想把餅乾塞進燦燦嘴裡，一心想著只要把它們塞進燦燦嘴裡，燦燦就會醒來了。

但我的手抖得太嚴重，試了好幾次，就是沒有辦法順利地把餅乾塞進燦燦口中。

我愈急，手就愈是不聽話……

「你這個笨蛋！」

有人抓住我的手，抓得很用力，那力道彷若一股力量，把我從慌亂無措中拉回來。

我抬頭，照見阿邦怒氣沖沖的臉。

「你這樣會害死她知不知道？你沒看到燦燦好像已經昏迷了，硬塞餅乾到她嘴裡，萬一塞住呼吸道要怎麼辦？」

阿邦的話猶如當頭棒喝，一棒敲醒我。

「先叫救護車吧。」阿邦的話一說完，馬上有人拿起手機打電話。

「……果汁！」我靈光一閃，大聲地叫，「有沒有人有果汁，或什麼甜的液體類的東西，什麼都好……」

我話還沒說完，姚美麗已經迅速地從她背包裡掏出一瓶葡萄汁，她用有些歉然的語氣解釋著，「我喝過幾口，不過我想燦燦應該不會介意才對……啊！我的嘴巴沒有碰到瓶口喔，所以應該還算衛生啦。」

「謝謝妳，美麗。」我扭開瓶蓋，努力對姚美麗擠出一個大概很醜的笑。

她一臉擔心地半蹲在我身邊，見我要將果汁灌進燦燦嘴裡，馬上跟阿邦很有默契地同時扶著燦燦的身體，讓我順利地把果汁餵進燦燦的嘴裡。

「這樣行不行？你確定燦燦只要喝果汁就會醒過來了嗎？還是等救護車來送醫院比較妥當吧……」阿邦緊蹙著眉頭，叨叨絮絮地唸著。

我只是緊抿著嘴不說話，很專心地讓果汁慢慢流進燦燦嘴裡，彷彿只要她把這些果汁吞進去，人就會醒了。

我不能等，一秒鐘都不能！阿邦也許不能體會我現在的心情，我不敢冒那種等待的風險，也許這一等待，我就再也看不見燦燦了。

果汁還沒完全灌完，燦燦就被不斷流進喉嚨裡的果汁嗆到，咳嗽起來。

笑。

她這一咳，整個人也清醒過來，我望著咳嗽咳得面紅耳赤的燦燦，臉上卻泛起微笑。

「大家怎麼……」不再嗆咳得那麼嚴重之後，燦燦睜圓了眼，狐疑地望著大家。

「沒事就好、沒事就好。」阿邦這個死色胚，竟然趁機佔人便宜，推開我跟姚美麗，緊緊地抱著燦燦，「妳都快把我嚇出心臟病了……」

我連忙把他從燦燦身上拔開，擋在他們兩個人中間，不讓他再有任何吃豆腐的機會，就算被他罵無情無義也沒關係。

燦燦順著我的肩膀往下看，看見我手上拿著葡萄汁，馬上什麼都明白了。

「……謝謝。」三秒鐘後，燦燦蒼白的臉上努力地綻出一朵微笑。她用幾乎細不可聞的聲音向我道謝。

救護車衝進校園時，引起校內一陣騷動。燦燦在大家的堅持之下，完全沒辦法抗拒地被阿邦跟我押著上救護車。

她一被送進急診室，就堅持不讓我跟阿邦陪她看醫生，把自己跟醫生關進診療室裡密談了幾分鐘，然後被帶到急診室的病床上乖乖躺著，讓護士幫她打點滴。

「那是什麼？」護士一離開，阿邦便指著那瓶透明的點滴，一臉白痴樣地問燦燦。

「葡萄糖。」

「打那個就不會再昏倒了嗎？」

「嗯，應該是喔。」

燦燦漾開笑臉，然而我卻從她的笑容裡，察覺到她微弱的不安情緒。

我藉口去上廁所，然後跑去找剛才那個急診室的醫生，向他詢問燦燦的狀況。

起先醫生基於尊重病患個人意願，並不想向我透露燦燦的狀況，但我一直不死心地央求他，還亂掰了好幾個利害關係來嚇他，最後大概是被我纏得快受不了了，醫生終於照實地對我說明燦燦的情形。

燦燦，就算我們的緣分是那麼淺薄，我卻始終無法將妳從我的未來藍圖中清除。

✕

「……所以一定要隨時留意她，按時吃藥跟量血糖，盡量不要讓她空腹，這樣很危險。我也不能保證像今天這樣的狀況還會不會再發生，那是很難預測的，希望不會才好，好嗎？」

醫生用溫柔口吻叮嚀著，我只是腦袋亂哄哄地傻傻點頭，鼻頭跟眼睛都酸酸的。

原來有些事，果然還是不要知道會比較好！

踩著蹣跚沉重的腳步，正要走出診療室時，醫生又出聲叫住我。

「嗯……有件事，我想還是讓你知道比較好。」醫生的眼中充滿誠摯與慈悲，他頓了頓，大概是在思忖該怎麼對我說。「你最近可能要多留意她的眼睛。」

「啊？」我不能理解他的意思。

「她可能會慢慢……失明。」

我聽見醫生說的最後那兩個字，整顆腦袋彷彿被強烈轟炸著，耳膜裡聽見脈搏的跳動急促而強烈，我的世界只剩下這個孤單又寂寞的聲音。我不知道該怎麼辦，整個人彷若魂不附體般地茫然無措，心臟像懸在半空中那樣難受，眼前晃晃盪盪，我真的不知道該怎麼辦了……

醫生遞了張面紙給我，我還愣愣地望著他，眼前的景象有些模糊，怎麼都看不清。

「堅強一點，千萬不要在她面前哭。」醫生的聲音彷彿會飄移一般，忽遠忽近。

接過面紙，我才知道原來自己竟然很丟臉地在醫生面前哭了。

醫生走過來拍拍我，安慰地說：「事情或許並不會如我們想像那般糟糕，不過我必須把可能會發生的任何一種狀況都詳盡報告，這是我們的職責，這種病並不是絕症，很

多臨床上的案例都顯示只要按時吃藥、控制血糖、適當運動，注意一下飲食狀況，其實還是可以像一般人一樣過得很好。」

走出診療室，我的腦海裡宛如播放著幻燈片一般，一幕一幕，一下子是勤美扶著咖啡廳的門哭花了臉，要我幫她跟寶哥請假的畫面，下一幕跳到夜市，燦燦吃著臭豆腐綻開美麗笑靨，開心地說好懷念這種滋味，然後是燦燦蹲在大太陽底下眼睛泛淚地露出痛苦的模樣，還有勤美跟燦燦躲在廁所裡對話，勤美哽咽地向燦燦傾訴她的擔憂……

原來是這樣的呀，所以勤美才會哭著要我幫她照顧燦燦、所以燦燦永遠只喝不加糖的飲料、所以燦燦愈來愈瘦、所以燦燦那次在墾丁，才會說她要努力記住所有眼睛看得見的一切，萬一將來有一天當她看不見這個世界時，至少還能有回憶……原來這種種都不單單只是巧合，那是一種傾訴，勤美跟燦燦用這樣的方式來跟我訴說這樣的事件，只是我太笨，怎麼樣都想不透其中的道理。

我的心很酸很痛，站在通往急診室的走廊上，我卻再也沒有行走的力氣，只想找個沒有人找得到的地方，躲起來，狠狠地哭一場。

也許哭過之後，心就不會再那麼痛了。也許。

這是第一次，我終於發現，原來燦燦對我來說，是這麼這麼地重要，這麼這麼地令我在乎。

原來燦燦在我心中，不單單只是一個朋友而已，她在我心裡的重量，已經遠遠超過我的想像。

原來我對燦燦的喜歡已經那麼那麼深，已經再也不是朋友的那一種，而是一種嵌進心坎裡的眷戀。

回到急診室，燦燦的點滴還有一大瓶，大概只比我離開時少了十分之一而已。阿邦坐在她床邊的一張椅子上不知道正在說些什麼，把燦燦逗得滿臉笑容。

我還沒走過去，燦燦就眼尖地發現我。

「回來啦？」

燦燦沒有追問也不好奇，只是溫柔又平靜地對我微笑。

「跑去美國上廁所嗎？這麼久。」阿邦倒是一開口就吐我槽。

「幫你製造機會還不好？」我勉強擠出笑容，不敢讓他們知道我是去找醫生。

阿邦聽我這麼說，連忙用手語向我做出「謝謝」的動作，滿臉濃濃笑意，接著又得寸進尺地偷偷對我揮揮手，意思是要叫我再找個藉口離開，好讓他能有多一點跟燦燦獨處的時間。

不過這次我沒理他，假裝沒看到地走過去，拉了一把椅子坐在阿邦身邊。

「好一點了嗎？」我問。

「一點都不好。」阿邦兩眼快噴火地瞪著我。

「又不是在問你。」我瞪回去。

「你媽剛才打電話到我手機，說打你電話沒人接，要你回電給她。」阿邦又說。

「唬爛啦，我媽又不知道你的電話。」

這個理由超爛，他以爲這樣就能把我支開？

「眞的眞的啦，快去回電話給你媽媽，快去。」阿邦推推我，又對我擠眉弄眼地暗示我快滾。

「可是阿邦，剛才你的手機不是都沒有響嗎？而且我也沒看到你接手機呀。」燦燦露出狐疑的表情，輕聲地問。

我看著阿邦瞬間黑掉的臉，努力憋著笑。

最後，反倒是阿邦被燦燦支開，她說她想喝無糖紅茶，請阿邦去幫她找。

燦燦的話就像聖旨，阿邦一領旨，急忙乖乖遵旨去辦事。

「是不是有什麼話想跟我說？」

阿邦一離開，燦燦就把目光鎖在我臉上，仔細端詳了我一會兒，澄澈透亮的眼眸閃耀著靈動的光芒，她一眼就洞悉我的欲言又止。

「多久了？」儘管心裡亂成一團，我的聲音卻異常地平靜沉穩。

燦燦詫異地睜大眼，認眞地看著我，幾秒鐘後才開口，「你去找過醫生了？」

我誠實地點頭。

都已經到這種地步了，再隱瞞好像也不再具有任何意義，我想燦燦大概也知道這一點，從她瞬間紅了的眼眶，我知道她或許已經卸下心防，準備對我坦誠了。

「是遺傳，可是家裡面的小孩，除了我，其他人都很幸運沒有發作。發病那年，我才七歲，是因爲次數頻繁地頭暈跟昏倒，才發現的。」

燦燦努力壓抑住情緒，輕輕扯著笑，雲淡風輕的模樣似乎是想向我證明她的病情其實並不嚴重。

「那時醫生說過我那麼小就發病，生命也許會很快就走到盡頭，所以家人對我格外小心跟保護，能夠活著念大學，我覺得這也是我生命裡的一個奇蹟。人家不是說紅顏薄命嗎？我覺得我命還滿長的，所以……呵呵，應該不是什麼紅顏吧。」

然而，燦燦愈是裝作若無其事，愈是努力在臉上塞滿要我別擔心的笑容，我的傷心跟擔憂就益發濃烈。

「笨蛋！」我看著她，嘴裡吐出這兩個字後，聲音就哽咽了，「燦燦妳當然是紅顏啊，不過妳會活到一百歲的，阿莫說過要保護妳呀，記不記得？所以，妳要給我乖乖地活到一百歲……」

燦燦沒說話，只是安靜地看著我，臉上掛著淡淡的笑容，眼睛水水亮亮，蓄滿晶瑩的淚，但是燦燦沒讓它們滑落。

她抓起我的手，緊緊握住，輕輕問著，「阿莫只保護燦燦嗎？保護燦燦是很累的事喔。」

「沒關係，我不怕。」

燦燦把我的手掌心攤開，把我的手心貼在她臉上。

「那如果有一天燦燦不小心變成天使了，可不可以換燦燦來保護阿莫？」

她話一說完，我就哭了。

「……不會，阿莫會努力保護妳，不會讓妳變天使的……不會有這一天的……」

燦燦，我們從來就沒正式說再見，所以妳始終都在，在我的心裡、腦裡、記憶裡。

※

然後，我開始眞正走進燦燦的世界裡，開始分享她眞實的生命，也看見她生命裡最不圓滿的那一面。

燦燦不喜歡穿削肩背心上衣，不管天氣多熱，她都會穿五分袖上衣，燦燦的腿很漂亮，穿牛仔褲時那雙腿又細又長，非常勻稱，不過她卻不喜歡穿短裙，真的熱得受不了時，她才會穿件及膝裙。

我一直以爲那是因爲燦燦個性保守的緣故，後來才知道並不是我想的那樣。

有一次我送燦燦回她租賃的套房，因爲擔心燦燦會走到一半就昏倒，所以我非常堅持一定要送她到房間門口，看她進屋才放心。

就在燦燦埋首背包裡尋找鑰匙的同時，我注意到她手臂上的疤痕，那些疤痕凹凹凸凸，一大片地佔據了燦燦白皙的手臂。

我並沒有開口詢問燦燦她的手是怎麼回事，但我凝視的目光引起燦燦的注意，而我卻不自覺。

「很醜吧？」燦燦不忸怩也不閃躲，很大方地捲高衣袖，讓我看她的傷疤。「都是注射胰島素的關係，長期下來，兩隻手也都跟著醜掉了。啊，不只這裡啦，大腿也是，全都是疤痕，醜不啦嘰的喔。」

燦燦一臉不介意地笑著。我聽著、看著，心和眼睛鼻子又酸了起來。

我想起之前在街頭，遇到燦燦站在櫥窗前，凝望著櫥窗裡那件泡泡袖雪紡紗短裙洋裝，想起她跟我說她的腿很醜時，眉宇間不經意流露出濃濃憂傷的表情，原來這是她從來不穿短裙的原因！

到底是什麼樣的力量可以讓燦燦這麼樂觀？那些針打在手臂上一定很痛很痛，燦燦發病的時候才七歲，要一個七歲的小孩每天乖乖地打針，是需要擁有多少的勇氣和韌性呢？

燦燦還不到二十歲，和我們同齡的女孩子，成天穿著漂亮的露肩上衣和超辣短裙時，燦燦卻永遠只能穿著五分袖上衣跟牛仔褲；當她們高高興興地大談闊論著說著自己的未來時，燦燦卻只能安靜地看著、聽著，卻不能和大家一起作夢。

她的未來一片茫然，她連作夢都是一種奢侈，她的生命從出生的那一刻就已經注定隨時會結束。

「燦燦……」

「阿莫，不要對我露出那種同情的表情嘛，這是光榮的印記耶，是我從七歲開始累積到現在的輝煌戰績喔。」燦燦臉上泛著微笑，「我並不覺得怎麼樣啊！這一針針都是愛喔，是我家人對我的珍惜跟疼愛耶，他們花好多的錢幫我買胰島素的藥，所以我全身上下都充滿了他們給我的愛……」

燦燦話還沒說完，我就已經抱住她了。

也許是我突如其來的動作嚇到燦燦，她的手就這樣維持著原來的姿勢，一隻手拎著一大串鑰匙，一隻手舉在半空中，身體也因爲過度驚嚇而顯得有點僵硬。

「才不是同情，不是同情啊，燦燦！是喜歡，眞眞實實的喜歡。燦燦，讓我保護妳，好嗎？現在、未來、一輩子保護妳，好不好？」

燦燦沒說話，也沒有任何動作，她只是靜靜地任由我抱著，半分鐘後，她才輕輕推開我。

「阿莫，」燦燦用手摸摸我的臉頰，溫柔的笑輕輕蔓延，「我也很喜歡你，很喜歡很喜歡的那種喜歡喔，甚至比你對我的喜歡還要更深，我喜歡你的善良，喜歡你總是溫柔對我的方式，喜歡你笑起來單純無憂的樣子。可是阿莫，我不能答應你，我不能任性地跟你在一起，我不希望在你把心掏出來、投入感情之後，卻必須狠狠地傷害你，我不想要看見阿莫你爲燦燦哭，我喜歡微笑的阿莫，你笑笑的樣子，看起來好像天塌下來都沒關係，所以阿莫，對不起。」

燦燦說完，銀色的鑰匙穩穩地插進鑰匙孔，門「喀啦」一聲被打開了。

「燦燦，我……」

我一點也聽不懂燦燦話裡的意思，不能理解爲什麼兩個互相喜歡的人，偏偏就是不能在一起，正想再跟燦燦說些什麼，但話根本來不及說，就被燦燦的晚安聲打斷。

「晚安喔，阿莫。快點回去，我關門了，明天見。」

然後燦燦像要逃避什麼似地迅速關上門。

我怔怔地望著那扇磚紅色鋁門，腦筋空白成一片，什麼事也沒辦法思考。

回家的路上，我心不在焉地騎著車，滿腦子都是燦燦的身影，還有一種沮喪的情緒，強烈地盤踞在心裡。

剛才那些話不是因爲同情才說出來的，我不是會因爲同情才去喜歡一個人的人，那是因爲喜歡，是喜歡呀！笨蛋燦燦。

人是一種習慣性的動物，往往只要習慣某種形式或生活方式，就會順其自然地繼續習慣下去，久了便會忘記最初的面貌。

感情也一樣。

因爲長時間相處，習慣彼此的陪伴後，往往會誤以爲這是一種天長地久。然而，一旦兩個人分開一陣子，便能發現其實那段日久生情是誤會一場，而自己喜歡的對象，往往不是當初朝夕相處的那個人。

我因爲太明白這樣的道理，所以這陣子總在自己內心的那座天秤上不斷衡量，衡量燦燦在我心裡的重量，以及朋友跟愛情兩者間的砝碼數。

不能否認的是，得知燦燦的病情，是讓我終於開始去正視自己感情的主因。

只是，我實在不明白爲什麼明明說著自己比我喜歡得更深的燦燦，就是不肯接受我的感情。

我不能理解的是她的逃避。

車子彎進巷道裡，我的腦袋還是渾渾沌沌的，這下好了，被燦燦拒絕啦，看明天要拿什麼臉去面對她，眞是笨哪，把場面搞得這麼尷尬。

一個阿伯騎著一輛腳踏車突然衝出來時，我並沒有馬上注意到，直到快撞上了，我急忙將機車把手往左轉，閃過了那輛腳踏車，卻硬生生撞向路旁的電線桿。那位阿伯則是被突如其來的狀況嚇到，整個人也重心不穩地跌坐在地。

龐大的撞擊聲馬上引起整條巷子裡眾多住戶的注意，大家紛紛從屋裡衝出來。

一位大叔衝過來，幫我把壓在腳上的機車牽起，我試著起身卻站不起來，左腳腳踝狠狠作痛。那位大叔發現我站不起來，連忙要我先坐著，他用手輕輕地摸摸我的腳踝之後，說：「還是等救護車來好了，你的腳可能骨折了。」

「啊？」我失聲驚叫一聲。

有這麼誇張嗎？但我覺得我撞得並不是很用力呀，雖然說機車龍頭都歪掉了，不過左腳也才被機車壓了那麼一下，怎麼可能這樣就斷掉？也太脆弱了吧。

雖然覺得大叔的判斷可能有點誇張，但我還是聽話地坐在原地等救護車來。

阿邦趕到醫院時，我的腳已經被醫生整個包上厚厚的紗布。還好只是筋拉傷，腳踝有些脫臼而已，並沒有像那位熱心的大叔講的那麼嚴重。阿邦一頭亂髮地跑來找我，看得出來是從睡夢中被吵醒的。

「怎麼回事？」他神情緊張地衝到我面前，看我沒什麼大礙，臉上露出鬆了一口氣的表情。

「爲了閃那個阿伯啊。」我用眼神示意那個坐在我前面不遠處的歐吉桑，要不是爲了閃他，我也不會被包得像斷腳一樣，眞是有夠倒楣的。

剛才他跟我一起坐救護車過來，路上還一直對我訓話，說我年輕氣盛，不要這麼血氣方剛，騎車騎那麼快總有一天會被撞死……等等哇啦哇啦一堆不吉利又不順耳的話，氣得我差一點在救護車上打人。我今天要不是爲了閃那個不長眼的阿伯，會搞成這副德性嗎？沒發飆已經很給他面子了，他居然還對我訓話。

「你沒閃過，撞到他啦？」

「閃過啦，所以才會把自己搞得這麼狼狽嘛。」

「那他怎麼鼻青臉腫的？」阿邦把我當成嫌疑犯。

「他自己摔的呀！我爲了閃他去撞電線桿，結果他老兄不曉得在湊什麼熱鬧，自己跌個狗吃屎，剛才在救護車上還一直罵我，還好沒叫我賠他醫藥費，不然你現在大概就是在警察局等著保我出去了。」我愈說情緒愈慷慨激昂。

阿邦安撫我一陣後，連忙跑去幫我辦理住院手續，又通知我爸媽。

「我爸有沒有說什麼？」

我緊張得要命，我爸那火爆脾氣我從小看到大，剛才阿邦說要打電話給我爸媽時，我本來還想辦法要阻止他，但他說早晚都是要說的，更何況這種事算大事，萬一他去上課不在這裡，醫生臨時要幫我做什麼檢查，沒人陪總是不好處理。

「你爸說，這死兔崽子，恁爸沒掐死他算他好運。」

「啊？他這樣說喔？」我的心涼了一半，爸，我也是受害者耶。

阿邦看我一副嚇到快中風的模樣，忍不住笑出聲。

「騙你的啦！」阿邦嘻嘻笑，「電話是你媽媽接的，我跟她大略提了一下狀況，她本來晚上要跟你爸爸一起開車過來，我跟她說你除了腿之外，其他大致都ＯＫ，拚命安撫她之後，她才答應等天亮再下來。」

燦燦，也許記憶已經開始斑駁，而我卻總能想起妳淡淡的笑容，如此鮮明。

＊

燦燦出現在病房裡，是隔天接近中午的時候。

昨天從她家出來時，我還很苦惱今天該拿什麼樣的心情跟表情來面對她，所幸發生了這場車禍，一切問題好像都迎刃而解。可以暫且避開那種尷尬的場面，對燦燦跟我來說，應該都算是一種解脫。

「嗨。」燦燦從門外探頭進來，對我露出溫柔的微笑。

那時，我爸剛好去找醫生了解我的腳傷狀況，他擔心我會有後遺症，順便請醫生幫我做一下腦部跟全身檢查。我媽則是跑到樓下的商店街，說要幫我買些糧食，以防我突然肚子餓。

「燦燦。」我喜出望外，意外著她的到來。

「不知道你喜歡吃蘋果還是水梨，所以我全買來了。」燦燦走進來，望見我包紮得很誇張的那隻腳，皺起眉頭，「怎麼這麼不小心？」

我只是笑，不知道該怎麼回答，總不能向燦燦坦誠事故發生之前，我滿腦子都是她吧？這麼說肯定會嚇跑她。

燦燦走過來，睜大眼望著我腳上的繃帶，看了一會兒，開口說：「有斷掉嗎？」

我錯愕地搖頭，燦燦的問題讓我有點傻眼。「只是筋拉傷，腳踝扭傷。」

「那就好。」燦燦點點頭，笑著指指我受傷的那隻腳，「所以這個繃帶大約要多久才能拆？」

「最快要兩個星期。」

「喔。」

燦燦應了一聲，眼睛還是不斷地看著我的腳，一瞬也不瞬，一臉彷彿欲言又止的模樣。也許我的不小心，眞的讓她擔心了。

「燦燦妳……」

正想開口要燦燦別擔心，告訴她這只是小傷而已，燦燦卻突然轉頭凝望著我，眼中閃著雀躍的光芒。

我深感大事不妙。

「阿莫，這裡可以簽名嗎？」燦燦指著我腳上的繃帶一角，開心地問。

「啊？」一時之間，我會意不過來。

「之前看電視，看到有人會在傷者包裹的石膏上寫下祝福的字，再簽上自己的名字，那時都好羨慕，偏偏身邊的人全都健康得很，沒人可以讓我這樣做，這次阿莫的腳受傷，雖然不是裹上石膏，不過這裡被包得這麼大一包，也算是有同工異曲之妙嘛，所以……」

「好、好吧。」

如果這樣就能讓燦燦前嫌盡釋地繼續跟我維持邦交，那這交易可以算是不費吹灰之力的簡單呢！

「啊，阿莫眞是個好人。」燦燦歡呼一聲，迅速從自己的背袋裡找出一枝簽字筆，果然是有備而來的啊。

燦燦專心地在我的白色紗布上寫字，等她寫好了，我才忍痛舉高腿想看清楚她寫的字。

不過燦燦寫得很平常，只是簡單的一句「平安、幸福、快樂」，然後就是她自己的簽名。

什麼嘛，害我滿心期待，結果只是一般的祝福而已。

我媽回來時，看見燦燦，禮貌性地點頭招呼過後，又藉口走出去，留燦燦跟我在病房裡獨處。

燦燦徵得我的意見後，開始削起蘋果，她邊削邊向我敘述阿邦是如何誇張地跑到她班上去找她，然後把我的狀況說得好像世界末日般嚴重。

接著燦燦蹺掉第二堂之後的所有課程，自己搭公車去買水果，又轉了兩次車才來到這裡。

她只是淡淡地述說著整個過程，我卻聽得好感動。

原來我在燦燦的心目中，終究還是有重量的，否則她不會爲我蹺課，不會大費周章地轉車到醫院來看我。

光是這麼想，心情就不由自主地飛揚起來。

「好了。」燦燦拿著一整條削好沒斷掉的蘋果皮向我炫耀，「怎麼樣？」

「很強。」我意思意思地拍了兩次手，指著被她放在一旁的蘋果說：「我要切成六等分，這樣才吃得完，不要切成八等分喔，太多我吃不完。」

我以爲燦燦可能聽不懂我的笑話，哪知她只是抬頭看了我一眼，面無表情地說：「老梗，不好笑，零分。」

自己說完卻忍不住微笑起來。

燦燦一笑，我也跟著笑，心情像聽到什麼好消息似地一片晴朗。

燦燦將蘋果切成六等分，遞了一塊給我，然而我只是伸出手，還沒接到蘋果，燦燦就鬆手了。那一片蘋果從她手中迅速下墜，掉到床緣，彈了一下後，摔到地上去了。

我抬起眼，撞見燦燦錯愕的表情，好像她也不知道蘋果爲什麼會掉下去的樣子。

「燦燦……」

「啊！」聽見我的聲音，燦燦馬上回過神來，她把眼光移到我臉上，綻開笑容，「我以為你接住了，真是抱歉。」

「沒關係、沒關係，那個再洗一洗就能吃了。」

我試著想彎下腰去撿蘋果，燦燦卻比我更早一步動作。

「我去洗，你先吃這個。」燦燦一隻手拿著那片掉到地面的蘋果，另一隻手又從盤子裡撿出一片乾淨的蘋果給我。

我咬著燦燦遞給我的蘋果，耳裡傳來浴室嘩啦嘩啦的水聲。但一片蘋果吃完了，燦燦卻還沒出來，於是我又吃了第二片、第三片、第四片……

一直吃到第五片時，浴室裡的水龍頭才關上。燦燦走出來時，我留意到她眼睛周圍的異樣，她的眼皮跟眼眶都紅紅的，像被用力揉過的痕跡。

「燦燦妳……」我用手比比自己的眼睛部位，又問她，「怎麼了？」

燦燦看我的眼神有一點空洞，儘管她很快就別過頭並在臉上堆滿笑，企圖掩飾自己的心慌，但我卻看得清清楚楚。

「沒事，只是好像有一隻小蟲子飛進去，不太舒服，所以我剛才在浴室裡揉了幾下眼睛，現在沒事了。」

我能感覺到燦燦在逞強。她每次只要遇到不想講的事，就會拚命找理由將所有的疑點合理化。只是她那個人太單純，愈想要粉飾太平，眼神和臉上表情就愈會不經意地顯露出內心的驚惶。

我沒有當下拆穿或逼她說實話。慢慢地，我覺得有的時候，當你愈想知道眞相時，心臟就要愈強壯，因爲眞相往往很殘酷。

很多時候，我會寧願自己活在謊言中，不管是自己或是別人編織的謊言，那都無所謂，至少謊言會包裹著糖衣，少了眞實層面的苦澀，也就少了心痛的感覺。

然而糖衣終究會融化，謊言不能夠持久，眞相會在你幾乎要忘記它的存在時，以突擊般的姿態，無預警地聳立在你的面前，想躲都躲不掉。

燦燦，每當想起妳微笑的臉龐，我的眼淚跟憂傷就變得急遽，思念於是開始蔓延。

⁂

跛腳的日子帶給我諸多不便，比如以往只要兩分鐘就能到達的路程，現在我花五分鐘還不一定走得到目的地，又比如以往可以三步併兩步跑完的階梯，現在卻只能乖乖地一階一階走，往往樓梯爬完，上課鐘聲也響了。

不過我堅持「殘而不廢」的精神，儘管腳不方便，我還是枴杖一拿就四處去，社辦、學生餐廳、福利社、圖書館……只要是想去的地方，我還是可以一根枴杖走天下。

拜跛腳的福，見色忘友的朝陽終於有一點良心地打了幾通電話關心我，外加幾封讓人窩心的簡訊。雖然每次跟我通完電話，她總會強迫我說出祝福她跟她男友天長地久，甜甜蜜蜜到天荒地老之類的噁心話，不過看在她到底還是把我放在心裡在乎的分上，我就姑且饒她一命，不把她登報作廢了。

這陣子，燦燦非常體貼，中午會幫我準備清淡的午餐。她說天氣逐漸轉熱，我行動又不方便，她怕我吃太油膩的食物，跑廁所會不方便，於是親自下廚幫我準備一些清爽可口的午餐。

姑且不論燦燦的手藝如何，光是吃著她精心爲我準備的餐點，就足夠讓我感覺幸福滿分了。

好幾次阿邦都私下跟我抱怨，說他也想要吃一次燦燦特別爲他準備的餐點，我要他學我去摔車，結果他說他只是渴望，但人還沒瘋，不會爲了吃燦燦煮的東西特地去弄斷腿。

每天中午，燦燦都會拎著午餐到社辦，安靜地等我到達之後，才跟我一起吃飯。

阿邦知道之後，自動自發地加入我們的午餐約會，燦燦沒拒絕阿邦的加入，我因爲明白阿邦的居心，加上他又是我哥兒們，所以儘管心裡覺得有些怪異，還是沒有開口趕阿邦走。

心裡深深地明白好像一切都變調了，幾次夜裡，我想起燦燦，卻沒有辦法停止想念，我感覺自己好像一天一天地沉淪在燦燦的笑容裡，完全無法克制。

一開始是阿邦說要追燦燦，然後我極力地鼓勵他，冀望燦燦能找到一個全心全意呵護她的人，最好那個人就是阿邦。

可是隨著相處的時間愈長，知道愈來愈多燦燦的小祕密之後，我發現我好像再也不能以一個普通朋友的角度去看她，我看見的她，已經不再是原來那個燦燦，而是一個纖弱、愛逞強、讓人忍不住想保護的女孩子。

也許就是這樣的感覺，讓我很難再像以前一樣保持平靜的心情待在燦燦身邊，每當她一靠近，心臟就會不由自主地緊縮又放鬆，來來回回，循環不止。分開時又格外地想念，悲傷的情緒會像潮汐般滿盈，直至淹沒全身。

是我背叛阿邦的。

當初說好要幫他一起追燦燦，可是現在又希望他永遠不會得到燦燦的青睞，我覺得自己好糟糕，忘恩負義。

但是一旦喜歡上一個人，那種感覺就如燎原之火，一發便不可收拾，連理智也一併被燒光。

阿邦還不知道那些充斥在我心裡的掙扎、矛盾，以及不知所措的微妙情緒，他整個腦裡眼裡，全都只有燦燦的身影，只要跟燦燦多講幾句話，就足夠他開心一整天，所以他沒空理會我，也看不見我眼裡滿溢的妒意和歉意。

燦燦的神經並沒有很大條，她似乎也看出阿邦對她的特別。

「阿莫，老實說，我其實有些害怕。」

有一天下午，我跟燦燦剛好都沒課，兩個人一起待在社辦裡，燦燦忙著整理連日募集來的發票，準備捐給世界展望會，我則坐在她對面看著這個學期的社團行事曆。現在已經是五月了，六月初我們有個要去育幼院探望小朋友的活動，近日來已經密集在尋找願意贊助的店家跟廠商，要準備一些禮物、衣服和書籍送給育幼院的小朋友們。

「怕什麼？」我從行事曆裡抬起頭來，看著燦燦。

「阿邦啊。」燦燦輕蹙眉頭，有些困擾地說。

「啊？」

「我覺得他好像、嗯……好像……」燦燦小心地琢磨字眼，輕聲而緩慢地說：「好像對我有點好，那種好不大像是朋友的那一種，好像更、更特別一些……」

燦燦說完，眼睛對上我，臉上的困惑與不安昭然若揭。

「也許阿邦在喜歡妳。」

我沒有直接點破，這種事還是由當事人來表白會比較好一些，雖然我心底還是強烈地希望阿邦的下場也跟我一樣，直接被燦燦拒絕。

很喜歡一個人的時候，我當然也會希望看見對方幸福的微笑，但若是讓她展露笑容的人不是我，而是自己的好朋友，心裡再怎麼說也難免有遺憾。我並沒有那種完全祝福的胸襟，關於這一點，我承認自己的確小氣。

聽見我的回答，燦燦的臉上並沒有任何驚訝或慌張的表情，她只是緊抿著嘴，思忖了一下，才又綻出淡淡笑容，說：「好奇怪喔，被喜歡不是應該是件讓人開心的事嗎？可是不知道爲什麼，我好想逃喔，大概是不習慣別人對我太好吧。」

我愣愣地看著她，好像有點明白當初自己被拒絕的原因了，大概也是因爲燦燦會害怕，怕我對她太好。

燦燦把滿手的發票放回盒子裡，雙手抵著下巴，專注而安靜地看著我，然後揚起一抹略帶著憂傷的淡淡微笑。

「阿莫，最近我常作一個夢喔，我夢見自己會飛翔，飛得高高的，天空是一整片淡淡的粉紅色，地上的房子變成一格一格的火柴盒，風很輕很輕，吹在臉上像一種溫柔的撫觸，夢裡的我很幸福喔，但是夢醒之後，我常常都會有想哭的衝動，是不是太過美好

的夢境背後，都會藏著龐大的悲傷呢？我很喜歡這個世界，儘管有太多不好的事物充斥在我們周遭，可是這個世界終究還是美麗的，如果有一天我再也看不見這個世界了，那該怎麼辦？好像認識這個世界愈多，就會愈捨不得一樣，這樣，是不是很糟糕？」

我詫異地凝睇燦燦，原來她總是平靜恬適的外表下，也會有不安與徬徨。我一直以爲她已經調適得很好，因爲我從來不曾看過她的驚惶失措，即便是病情發作時，她仍會努力地在臉上堆滿笑，然後勸我別擔心。

「阿莫，我常想，也許我是不能戀愛的。愛情是一種責任，我不能讓自己戀愛的對象隨時都抱著一種可能會失去我的惶恐心情跟我在一起，我很明白自己的生命是一個未知數，也許明天就會走到盡頭也不一定。但我捨不得自己離開後，另一半卻得抱著難過的心情繼續活下去。所以就算很喜歡一個人，我還是不能跟他談戀愛，把自己喜歡的對象留給更喜歡他的女生去保護，我想也是一種愛情。」

「燦燦……」我的鼻子跟眼睛又酸了，燦燦爲什麼要說這麼令人喪氣的話？

「阿莫……也許你能明白我想要說的是什麼，其他人怎麼想，我並不在意，我只是希望你能懂得我的意思……」

燦燦清澈的眼眸裡一片透明，好像一眼可以望進她的內心一樣，然而我卻始終站在布滿迷霧的荒郊，怎麼看都看不清。

我不懂燦燦話裡的意思，卻能深刻感受到她的悲傷。

也許終有一天，我會明白燦燦話裡的意思，但我卻極度不希望那天的到來，或許當我開始懂得那些字句背後隱藏著的涵義時，我也已經失去燦燦了……

燦燦，我並不想把我們之間的事說成故事，只想把妳細心地安放在心底，就好。

✕

跟醫生約好要拆紗布的那天，時間一到中午，我又乖乖地拄著枴杖，一步一步地緩緩往社辦的方向前進，腦袋裡猜測著今天的菜色會是什麼，昨天的番茄炒蛋跟前天的涼拌黃瓜都讓我食指大動。

老實說，燦燦的廚藝一點也不輸給阿邦。

沒想到，才剛走到社辦前的廣場上，我就毫無預警地被急奔而來的燦燦一股腦地撞上，差一點跌倒。

燦燦什麼話也沒說，抬頭看了我一眼後，又閃過我，迅速地跑掉。

我卻在她轉身的瞬間，撞見她眼底的驚慌與惶惑。

一定是發生什麼事情了，不然燦燦不會這樣。

雖然想追過去，但我的腳還不適合奔跑，燦燦也已經消失在下課的人潮裡。

懷著不安與疑惑的心情，我盡量加快速度踱向社辦，原以爲會看見阿邦，可以順便請腿長的他幫我去追一下燦燦，看看燦燦到底是怎麼了，卻發現他人也不在那裡。

桌上只有兩個便當盒，一個是燦燦的，一個是我的。

拎著燦燦的便當盒，我決定自己去找燦燦。

本來想要向阿邦借機車，但那老兄整個人搞失蹤，手機也關機。

燦燦的手機是通的，但沒人接，我同樣沒辦法確切知道她所在的位置。

想來想去，只好先去燦燦租的套房找她。

費了九牛二虎之力，終於順利在學生餐廳逮到小巴學長，強迫他載我去燦燦家。

「爲什麼是我？」

小巴學長大聲抗議，他正在跟瘦下來之後愈來愈漂亮的姚美麗約會，不滿我這個程咬金突然跳出來破壞他們之間的幸福美滿。

「因爲你是又善良又熱心，又充滿正義感的小巴學長啊。」我滿嘴塗滿糖地說。

爲了在姚美麗面前展現他的善良跟熱心還有正義感，小巴學長只好很講義氣地一口答應。

「美麗，我等等回來再call妳喔。」小巴學長依依不捨地說。

姚美麗則羞答答地微笑點頭，還不忘叮嚀學長路上要小心，車子騎慢一點。

我望著眼前的景象，深深感到不可思議。

愛情原來這麼脆弱！

姚美麗信誓旦旦地向我宣誓她要變瘦、變漂亮，要努力攫獲阿邦注視的目光，要讓大家看見他們幸福快樂的模樣……我記得那好像都是不久之前的事，怎麼才一轉眼，姚美麗就變心了？

原來再堅貞的愛情，都抵抗不了另一個人熱烈的追求和甜言蜜語，愛情的建築需要日積月累的堆砌，瓦解卻只要一秒鐘的時間。

路上，小巴學長把車騎得飛快，不停地在車陣裡鑽動，並沒有把姚美麗的叮嚀放在心上。

「學長學長，美麗不是叫、叫你騎慢……慢一點……」我嚇到簡直要魂飛魄散。

「都是你啦，破壞我跟美麗的約會，我騎這麼快還不是爲了要趕快把你這個瘟神送走，好回去繼續跟美麗約會。」小巴學長沒好氣地回答我。

「學長是什麼時候開始喜歡上美麗的？」

我對這個也挺好奇的，之前完全沒有任何徵兆，我實在是很難把小巴學長跟姚美麗湊在一起。

「你不覺得姚美麗其實長得很可愛嗎？」小巴學長反問我。

我在學長背後偷偷搖頭，姚美麗的美麗可愛大概不是我可以領略的範圍。

「是、是啊。」虛偽的我吐出違心之論。

「我早在姚美麗變瘦之前就開始注意到她了，我覺得她可愛的地方是她對朋友的那分熱情跟義氣，還有總是不道人短的美德，跟她說話時，她會用很專心的眼神看著你，認眞地聽你說話，讓你覺得自己被重視。還有，她很單純，你隨便講什麼事，她都會相信。對我來說，她就是這麼好的一個女生。」

雖然看不見小巴學長的表情，但我可以想像他現在滿臉幸福笑容的模樣。

「雖然姚美麗喜歡阿邦是公開的祕密，不過我想，也許只要我認眞一點、堅持一點，說不定可以追到她。這個世界上啊，好女人也許很多，可是適合我的，大概只有姚美麗一個了。」

小巴學長誠懇的聲音，實實在在地打動了我，也許，姚美麗也是被小巴學長這種眞誠的模樣給感動的。

到燦燦住的地方樓下，我下車正要走進管理員室時，小巴學長叫住我。

「如果你也很喜歡燦燦，記得要堅持下去，還有……加油。」我一回頭就撞見小巴學長認眞的神態。

忘了到底有沒有向學長道謝，我只是邊走邊沮喪地想著，並不是我不堅持或不加油，而是燦燦根本就不給任何人機會。

來到燦燦房門前，我按了電鈴，裡面卻半點動靜也沒有，我呆呆地在門口站了快十分鐘，電鈴也按了超過二十次，才說服自己接受燦燦並不在家。

於是我只好又拎著已經冷掉的便當走到電梯門前，準備搭電梯下樓走人，卻在電梯門打開時，看見失魂落魄的燦燦。

突然看到我，燦燦略略吃驚，大概是訝異我怎麼會出現在她的地盤裡。

「嗨，燦燦。」我舉起右手，故作俏皮地向她招呼。

燦燦一看見我的動作就笑了。

「嗨，阿莫。」她學我舉手打招呼的模樣。

「眞是巧啊，在這裡遇到妳。」

我一說完，燦燦就「噗」地一聲笑開了。

「會笑就好。」我繼續說：「愁眉苦臉的，就不是我認識的燦燦了喔，這樣笑得嘴巴快裂開的樣子，才是正牌的妳。」

聽我這樣說，燦燦反而不笑了，她緘默而專注地盯著我看，不多久，眼底滿盈著晶瑩剔透的淚，好深的惆悵毫不掩飾地在她眼裡的盈盈波光中流動。

我的心一下子揪緊了，不明白她爲什麼會這樣，好像是受了什麼極大的委屈似的。

「謝謝你，阿莫。」燦燦用手指覆蓋在眼皮上，順勢擠掉眼淚，她揚著淡淡鼻音的聲音輕輕說：「如果燦燦對這個世界的一切還存有一絲絲的眷戀，那也是因爲你的關係……」

燦爛的日光透過長廊盡頭的落地玻璃窗，投射出一道長長的金黃光束。我看見窗外那棵大榕樹靜靜聳立在藍天白雲之中，枝葉茂盛地被灑了滿身的金黃，深深淺淺的綠葉點綴成一幅寧靜的美麗景緻。

只是，我的心卻因爲燦燦的一句話而波瀾四起，再也無法平靜。

燦燦，妳說距離拉長的不是感覺，是愛；遙遠了的不是擁抱，是快樂。

※

後來，我陪燦燦吃了一頓安靜的飯，少了燦燦的笑容與說話聲，那頓飯吃得索然無味，佳餚也彷彿不再美味。

拆掉腳上的紗布後，我終於又從殘障人士變回正常人，只是心喜一切總算回復正常的同時，我也再度失去了燦燦的午餐，回到原本那種要自己去覓食的日子。

我央求醫生把紗布還給我保留，不爲別的，只因爲上面寫著燦燦的祝福。雖然紗布拆掉後，燦燦的字跡只變成點點黑漬，不過那對我來說卻別具紀念意義。

自從那天之後，燦燦就已經不再常常來社辦了，以往那些天天可以跟她膩在社辦裡聊天或討論活動的日子，慢慢地離我愈來愈遠。

總覺得她像是在逃避什麼似地刻意疏離。

變了的不只是燦燦，連阿邦也怪怪的。

連續好幾天，他的臉都臭臭的，好像被什麼人招惹到一樣，看見我也多半沉默，緊抿著一張嘴，剛毅的表情看起來很嚴肅。

有時我想找他說話，但一見到他那張像是寫著「生人勿近」的臉，就自然而然地打了退堂鼓。阿邦也不會給我任何機會跟他說話，一看見我，他會很迅速地快閃。

燦燦跟阿邦都變得好奇怪。

有一天晚上，我從房間走出來要到廚房倒水喝，看見阿邦一個人坐在客廳裡看電視，電視節目裡的人不曉得在玩什麼遊戲，一群人笑得人仰馬翻，阿邦卻還是繃著一張臉，不苟言笑。

「喂，阿邦，你知道的，我們是哥兒們嘛。」

我站在自己的房門口望著阿邦的背影足足有兩分鐘之久，在心裡忖度著該怎麼開口跟他說話，思量後，才鼓起勇氣走過去，坐到阿邦身邊，拍拍他的肩膀。

「你如果心裡有什麼事，可以說出來大家討論討論，這樣老憋著也不是辦法，萬一內傷了怎麼辦？我已經好幾天沒看你大笑了耶。」我說。

阿邦看了我一眼，依然沒說話，不過那眼神似乎柔和許多，不再充滿肅殺之氣。

「燦燦也是，整個人變得陰陽怪氣，也很少到社辦去了。前天還是大前天啊，我在校門口遇到她，衝過去跟她打招呼，她只跟我聊了幾句就匆忙跑掉了，不知道是眞的在忙，還是在逃避什麼，眞的很奇怪……」我喃喃自語地說，瞥見阿邦好奇的表情後，問他，「阿邦，你最近有遇到燦燦嗎？還是你有沒有聽見其他人說起燦燦的事？」

阿邦好不容易平和下來的神情，馬上又武裝起來。他緊繃著一張面無表情的臉，口氣僵硬地回答，「我、我怎麼會知道？」

我盯著阿邦的臉看了幾秒鐘，阿邦大概是被我看得不舒服，馬上站起來衝到廚房去倒了一杯水，咕嚕咕嚕地兩三口喝光。

阿邦的反應太奇怪了，雖然說不上是哪裡怪，但我就是覺得不對勁。

以前他不是最在乎燦燦的嗎？不管燦燦說了什麼話、做了什麼事，只要我開口提起燦燦，他總是一副興致勃勃的模樣，巴著我要我再多說點關於燦燦的一切。

但今天他的反應卻十分反常。

「耶？眞的嗎？該不會是發生了什麼事了吧？阿莫你明天幫我問問看嘛，看有沒有什麼我們可以幫忙的，叫她儘管開口沒關係，記得喔。」這應該才是阿邦式的回答呀。

阿邦喝完水，什麼話也沒講，轉身就走回房間去，「碰」地一聲關上房門。

然後又是連續好幾天的陰陽怪氣。

我只好繼續過著孤單老人的生活，沒事就到社辦去晃一晃，看看會不會不小心再遇到燦燦。

不過世界彷彿變得好大，即使校園就這麼點大，但我跟燦燦卻沒什麼機會碰面，她似乎又像之前那樣，再度從我的世界裡瞬間消失，前些時候那段日夜相伴的日子，宛如一場甜美的夢境，模糊而遙遠地存在我記憶深處，不鮮明也不清晰，像不曾發生過那樣。

心裡只充塞著滿滿的失落，像血液般地流竄在體內。偶爾我會有想哭的衝動，可是每次都拚命忍住，沒眞的掉下淚來。

就當是一個預習，我知道自己早晚都會失去燦燦，只是從沒想過這一天會來得這麼快。

我是這麼告訴自己的。

再次看到燦燦，是在六月初的社團活動，我在集合的校門前廣場上看見燦燦。燦燦好像變得更瘦了，而且還曬得比較黑了，雖然依然白皙，但總覺得跟印象裡的她好像有點不同了。

發現她時，她正跟姚美麗不知道在聊什麼，臉上泛著淡淡的甜美笑容。四周的景物彷彿全都停止了，我的眼睛裡只有一個焦點，校門口的人聲鼎沸、喇叭聲四起的車潮、鄰近某間藥妝店廣播著今日特價的訊息、轟隆轟隆的汽車引擎發動聲……一切都變得遙遠，我的耳畔裡，只能聽見燦燦清脆的笑聲。

不曉得為什麼，我心裡突然有點酸酸痛痛的，好像有一條線輕輕勾扯著，細微的酸疼讓我不知所措。

「啊，阿莫。」當我就這樣佇立在距離燦燦大約十步遠的地方，眼神穿透她一般地靜靜思考時，燦燦卻像感應到什麼似地轉過頭來，望見我後，笑得更甜了。她走向我，微微偏著頭，淺淺的酒渦嵌在臉上。

「好久不見，最近好嗎？」

很客套的問候，從她的眼神裡，我卻察覺不出任何生疏。

雖然好像有一點不一樣了，但是燦燦還是燦燦，還是會對我露出溫柔笑容，會親暱地喊我「阿莫」的那個燦燦。

我只是笑，沒有回答，也不知道該用什麼樣的字彙，完整表達出這段時間她不在我的生命裡，那些零星地匯聚而成的想念。

我只是這樣傻傻地笑著，眼睛卻再也移不開，彷彿找到港灣停泊的船隻，再也不想離開。

活動目的地是在南投山區的育幼院，燦燦不曉得從哪裡弄來一堆布娃娃，滿滿一袋全都是新的。

「去跟一個布娃娃工廠的老闆死纏爛打要來的喔，我每天都打電話去煩他，最後這幾天就天天去工廠找他，最後老闆大概快被我煩死了，就捐出這些娃娃啦。」燦燦笑得燦爛，臉上滿滿是得意的表情，「阿莫你看看，是不是都很可愛？」

原來她消失的這段時間，是去做這些事。

難怪她整個人變得又黑又瘦。

只是我不懂為什麼燦燦要這麼拚命，我記得之前社團裡在募集發票時，燦燦也像拚命三郎一樣地跑到大街上拚命募集，她總是不畏路人眼光地一一前去遊說，往往一整天下來，燦燦募集到的發票是所有人當中最多的。

「燦燦，妳自己的身體要注意，有時候可以不要這麼拚命，很多事情講求緣分，妳要讓人家自發性地做善事，自己的壓力才不會那麼重。」

我語重心長的聲音，短暫地奪走了燦燦臉上的笑容，她凝望我的眼神裡，翻飛過許許多多的情緒。

那些複雜的情緒，是我讀不懂的心事。

我聽見她安靜的沉默，聽見風吹動樹葉時發出的沙沙聲，聽見葉片墜落地面的細微聲響，聽見人聲嘈雜的各種聲浪，聽見自己的血液在耳裡流動的聲音。

「我只是……想要留下一些東西給大家，如果這是我最後能做的事，我只能不斷不斷地往前，不能回頭地往前了……」

良久，燦燦細如蚊鳴的聲音就這樣鑽入我的耳膜，然後化作一道又一道的心跳聲，充塞在我身體裡。

燦燦，當那些酸酸疼疼的牽扯，隱隱在心底騷動，我才知道原來這感受就叫喜歡。

燦燦的話讓我十分不安，我知道她是想透露些什麼訊息讓我知道，但她話一說完，便不願意再洩露更多祕密。任憑我再怎麼追問，她也只是一逕地用微笑包裹住自己，深深淺淺的笑容彷彿她的保護色，我看著，卻看不透那些笑容背後眞正的她。

兩天一夜的活動很快就結束，這兩天當中，燦燦表現得十分熱情，跟育幼院裡的小朋友互動很好，只是一旦到了休息時間，她臉上的落寞就不自覺地顯現。

也許燦燦並不知道，自己隱藏不住的寂寞正不經意地洩露一地，但始終都站在她身旁的我，卻清清楚楚。

因爲太清楚了，所以心疼的感覺從不止歇。

我想要走進燦燦心裡，燦燦卻一再一再地用她的笑容來阻擋我。

⁂

期末考結束那天，阿邦不曉得哪根筋不對勁，突然搬了兩打啤酒來敲我房門。

「阿莫，出來！」

阿邦把我的房門敲得砰砰作響，爲了期末考，我已經連續一個星期睡眠不足，腦袋渾沌不清，一考完試，我馬上衝回宿舍補眠，打算先睡個三天三夜，再將行李整理好，滾回家去度假。

「醒醒，阿莫！快出來。」

阿邦拍了幾下門板，發現沒什麼動靜，又繼續拍，還扯著可以把死人叫起來的音量大聲叫嚷。

「來了……」

我半瞇著眼，像遊魂一般飄到門口，打開門。

「來，我們來喝酒。」阿邦一見到我，馬上拿了兩瓶冰啤酒湊到我臉上，冰得我的腦袋瞬間清醒過來。「我們今天來喝個夠，不醉不歸喔。」

阿邦嘻嘻笑著，我卻聞到他身上濃濃的酒味。

「阿邦你喝了很多嗎？」

「哪有？」阿邦滿臉紅通通，看上去喝不少的樣子。「我只喝了兩瓶啤酒而已啊，來來來，慶祝我們的暑假即將來臨，我們來喝酒吧。」

我還來不及再說什麼，就被阿邦拉到客廳去。他拉開拉環，遞了一瓶酒給我。

「乾了。」他拿自己手上的易開罐輕輕碰我手上的啤酒，然後一口氣喝光。

我瞪大眼，半晌說不出話來。

阿邦喝完，自己又拉開一瓶酒的拉環，再碰一下我手上的啤酒，接著又一鼓作氣地喝光一整瓶。

一瓶一瓶又一瓶，轉眼間，阿邦已經喝掉半手的酒，而我手上的啤酒卻一口也沒動過，瓶身還不斷冒出冰涼的水珠，滑過長長的瓶身，滴落在我的牛仔褲上，變成一圈一圈深深的藍漬。

阿邦像喝累了還是醉癱了一般，跌坐在地板上，手很隨性地放在客廳的茶几上，整個人趴在自己手臂上。

然後所有聲音都停了。

我手上還拿著啤酒，眼睛看著阿邦，他像睡著一般動也不動。

時間彷彿過了很久，我就這樣一直望著阿邦動也不動的背影，呆滯了好些時候，才想起是不是應該拿個什麼東西來蓋在阿邦身上，萬一他不小心睡著了，沒蓋被子是會感冒的。

這麼一想，我整個人才像突然清醒似的，連忙將手上的啤酒放在茶几一角，躡手躡腳地走進阿邦房裡，從他堆滿東西亂七八糟的床上，我找到一條薄毯。

拎著薄毯回到客廳，正要把它蓋在阿邦身上時，卻看見阿邦微微顫抖著身體，無聲地啜泣著，一陣又一陣地。

「……阿邦？」我的手就這樣尷尬地停在半空中，不知道該怎麼辦。

阿邦聞聲抬頭看了我一眼，眼眶跟鼻子都紅紅的，我這才確定原來他是眞的在哭。

從來沒看過他這樣，所以當下我的反應就像突然被雷劈到一般，腦筋完全空白，手腳也不知道該怎麼擺才自然。

「我眞的不懂，我那麼那麼喜歡她呀……可是她好像都不知道，不管我再怎麼暗示，她還是不懂……我已經很努力了啊，但還是走不進去，再怎麼努力都走不進去……爲什麼會這樣？」

弄了半天，我才知道原來阿邦說的「她」是燦燦。

我愣愣地看著哭得滿臉眼淚的阿邦，說不出半句話。

「……我又不是故意、故意要親她的……我也很後悔啊，可是我不知道感覺來的時候會那麼難……難控制嘛……」

我的耳朵轟隆隆地響，接下來，不管阿邦再哭訴什麼，我全都聽不清楚了。

原來是這樣子的！

當我爲一切奇異的現象在尋求合理解釋卻遍尋不著時，完全不曉得是因爲有更懾人的眞相，隱匿在我不知道的地方。

原來燦燦那天突然從社辦的方向衝出來，是因爲阿邦在我到達之前親吻了她。原來阿邦之後連續好些日子的壞心情，是後悔自己的衝動行爲破壞了他跟燦燦之間和諧相處的平衡。原來燦燦的刻意消失，不是在躲藏什麼，而是在逃避阿邦……

原來事情的眞實面，是那麼殘酷不堪。

我有種彷若從高空失速墜落、頭腳分離的難受感覺，心臟宛如被什麼尖刺的東西刨了下來一般，身體空洞洞，只剩冰冷的風來回呼嘯，鑽得心只剩下冰凍的痛。

痛過了，我的知覺才又一點一點地恢復，阿邦仍趴在茶几上無聲地哭著，我的憤怒卻一下子爆滿。

「你給我站起來！站起來！」下一秒，我已經拽住阿邦的衣領，用力地把他從地板上拉起來，無法克制怒氣地大喊，「你怎麼可以對燦燦做出這麼過分的事？你怎麼可以這樣？當初是誰跟我保證一定會好好保護燦燦的？是誰說要讓燦燦心甘情願愛上才會牽她的手的？李彥邦，我當你是人才跟你稱兄道弟，沒想到你竟然是禽獸……」

我話還沒說完，一拳就揮過去，結結實實打在阿邦的左臉頰，阿邦因爲過大的衝擊力道，站立不穩而跌坐在地。

我衝過去拉住阿邦的衣服，把他拖起來，接著又是一拳。

「……你不知道……不知道我們就快要失去燦燦了嗎？你怎麼可以這樣……」

阿邦怔忡的表情在我面前迅速地模糊。我聽見自己哽咽的聲音，還有燦燦那飽含著濃濃哀愁的音調，輕輕地從腦海深處響起。

「我只是……想要留下一些東西給大家，如果這是我最後能做的事，我只能不斷不斷地往前，不能回頭地往前了……」

這句話，久久久久不散地迴盪在耳畔，宛如一道咒語，禁錮了我所有的快樂。

「我只是……想要留下一些東西給大家，如果這是我最後能做的事……」

燦燦，我能為妳做的最後一件事是什麼呢？也許是用眼淚來紀念我們曾有過的快樂。

✕

我終究還是沒讓阿邦知道燦燦的病情，儘管他之後多次地追問，我還是選擇守口。

隔天我就帶著行囊衝回家去，不再讓阿邦有太多機會逮住我問東問西。

整個暑假，我就這樣乖乖地待在家裡，多半時間會到寶哥的店裡去坐坐。

梓寧依舊是老樣子，還是笨手笨腳地老讓寶哥嘆氣。有時我雖然回去當客人，但看到她那副笨到無可救藥的模樣，還是會很有義氣地衝進吧台裡去幫她的忙。

一放假後，燦燦就整個人又像人間蒸發一般不見人影。

有幾次我拿著手機想打電話給她，卻遲遲鼓不起勇氣按下通話鍵。

我不知道萬一電話接通了該怎麼開口說話，不知道該說些什麼。

時間好像已經在我們之間築起一道牆，隔閡了兩顆曾經那麼貼近的心。

朝陽是在暑假開始的半個月後才回來，她一回來就騎著一部單車，衝到我家門口大喊我的名字。

「阿莫、阿莫，在不在啊你？快來喔，本姑娘回來囉！趕快下來迎接我吧。」

夏朝陽那傢伙依然這麼幼稚，書讀得多，腦子卻始終沒進化。

「來了來了，叫那麼大聲，妳幹麼不拿一把大聲公到巷口去喊？乾脆叫我們這整條巷子裡的人全都出來迎接妳如何？」

我穿著拖鞋，啪噠啪噠地走去開門，手上還拿著一片西瓜，一開門便望見嘻嘻笑著的朝陽。我很自然地把手上的西瓜「啪」地一聲折成兩半，遞一片給她，「甜的。」

朝陽也不忸怩，伸手接過去，完全不淑女地就在我面前大口吃起來。

「面、面紙，啊啊，快滴下來了啦……」

夏天的西瓜多汁又好吃，朝陽不顧形象地大口大口吃著，紅色的西瓜汁順著她拿西瓜的指尖滑落，迅速地流到她手腕處，夏朝陽邊喊邊將嘴湊近手腕，將西瓜汁舔掉。

我看著手忙腳亂的她，開心地笑了。

這一笑，我才發現自己似乎已經很久沒這樣笑了。

自從知道燦燦的病情之後，我整顆心就像被懸在半空中，搖搖晃晃地搆不著地，心裡老是不踏實，總擔心會不會哪一天，燦燦突然拋下我們說走就走，那該怎麼辦？

「還有沒有？再切一塊來吧，我要大塊的，口渴死了。」

朝陽吃光手上的西瓜，又伸手向我要。

「是妳要的，就算沒有，我也馬上去生一顆出來請妳吃。」

「算你識相，快去快去，別讓本姑娘久等了。」朝陽一副君臨天下的模樣，很有氣勢地對我擺擺手，要我快去幫她切西瓜來。

那種熟悉的感覺回來了，那種單純的快樂回來了，那種好像世界就是這樣的純粹感受回來了……朝陽一回來，那些我遺失的一切，全都回來了。

如果時間能永遠停在這一刻，那該有多好。

我不想要長大、不想要知道太多灰暗的事、不想要了解眞實背後的殘酷、不想要去背負那好多的悲傷，我只要單純的世界，與世無爭的快樂，這樣就好。

只是，快樂並不能長久，快樂背後總伴隨著讓人心碎的悲傷。

燦燦昏倒的消息，是在七月的最後一個星期四傳來，勤美打電話給我時，濃濃鼻音說明她早已經哭過好一陣子了。

我跟朝陽趕到醫院時，燦燦已經醒了，她看見我們，臉上瞬間綻出笑容。

「啊，朝陽妳回來啦？」即使是笑著，即使刻意佯裝自己無恙，燦燦的聲音依然虛弱無比，「阿莫，你也來啦！」

朝陽並不是很清楚燦燦的病情，她回來的這段期間，我也沒跟她提過燦燦的狀況。倒是朝陽那傢伙，像吃錯什麼藥似地，一直逼問我跟燦燦的進度到哪裡了。跟她解釋根本沒什麼所謂的進度，她還一副我在說謊不肯誠實招認的懷疑。

朝陽給了燦燦一個大大的擁抱，她這一抱，又逼出了勤美的眼淚。

「燦燦妳是打算要嚇死我嗎？多吃點東西嘛，瘦成這樣。」朝陽坐在床邊左右端詳燦燦，講話的語氣裡盡是關心，「之前聽阿莫說妳身體不大好，有一陣子沒再聽他說，以爲妳好一點了，怎麼又昏倒啦？燦燦妳要多保重，不要讓我們擔心嘛。」

「就是說啊……」勤美在一旁抽抽噎噎地搭腔。

「燦燦妳看，勤美很關心妳呢，每次只要講到妳，她就會哭。」朝陽故意糗勤美。

「我哪有啊？」勤美大叫著抗議。

「明明就有。聽阿莫說妳已經在他面前哭過好幾回了，每次都是爲了燦燦。」

我都已經這麼安靜地隔岸觀火了，還是被朝陽拖了進去，害我被勤美那對腫得像兩顆核桃的眼睛瞪。

沒辦法反駁，因爲事實是這樣，我的確出賣了勤美的眼淚。

之後，我們幾個人又像之前那樣天天膩在一起，時光彷彿又回到從前，什麼都沒變的從前，但隱約間，仍舊有某些東西偷偷地在改變，以著我們察覺不到的方式，偷偷地改變。

暑假的最後這一個月，燦燦終於又再度回到我的世界，我們除了會相約去看電影或吃頓飯，燦燦還是以前的那個燦燦，依然只喝不加糖的飲料，依然還是會望著我微笑，親暱地叫著「阿莫」，依然還是會跟我保持著合宜的距離，彷彿不想在我面前變成透明人的那個燦燦。

只是，我仍能從她不經意流露出來的神情裡，窺視到她來不及擦拭的濃烈憂傷。

暑假結束後，我們又回到學校裡。

燦燦變得很積極，整個學期都在提議跟規畫慈幼社的年度行程，還很主動地去找廠商和學校鄰近的店家贊助活動。

好幾次，我看見她累得像要昏倒一樣的蒼白臉龐，總忍不住開口要她別那麼拚，爲那些育幼院的小朋友做些事是好，但自己的身體也不能不照顧。

只是，不管我再怎麼苦口婆心，燦燦卻永遠只會丟給我淡淡的疲憊笑容，接著又埋首繼續做她的事。

有一次，燦燦拿了滿手的活動海報，從社辦要走出去時，不曉得是重心不穩還是太過勞累，居然跌倒了。我衝過去扶起她，發現她異常蒼白的臉色。

「燦燦妳……」

「不要緊，只是不小心踢到東西跌倒。」燦燦勉強的笑容掛在臉上，逞強的模樣讓我很擔心。

我很篤定她並沒有踢到任何東西，只是不清楚她爲什麼會跌倒。

確定她沒事，我又回到自己座位，燦燦整理好那些海報，重新站起來，往門口走，卻一頭撞上已經打開，並貼在牆面上的門板。

「燦燦……」我又衝過去蹲在燦燦身邊，擔憂地望著她。

這次燦燦沒有馬上起身，只是兩眼放空，呆愣地望著我，好一會兒之後，她撲進我懷裡，緊緊地抱著我，哭了起來。

「……怎麼辦，阿莫？我、我就快要看不見這個世界了……」

◎燦燦，即使這個世界渾沌嘈雜，我卻從妳的眼神中，看到最純真的畫面。

✕

我不知道該怎麼形容自己惴惴不安的心情，用什麼形容詞都無法形容自己的心境，望著電腦螢幕那一大串用關鍵字「視網膜剝離」搜尋到的文章，我卻什麼內容也看不下去，整個腦袋亂糟糟，就像世界末日就要來臨般地絕望。

勉強自己隨便找一篇關於視網膜剝離的文字說明來看，才發現原來跟醫生講的情形差不多。

去找醫生是幾個鐘頭前的事，因爲燦燦最近走路總是會撞到東西，拿東西給她時，她也常常都會漏接。

本來以爲是她心不在焉或不小心才這樣的，但次數一多，我也忍不住疑惑。問她爲什麼會這樣，燦燦卻始終不肯對我說明，總是很敷衍地說可能是太累的關係，並且保證下次會注意一點。不過一到了下次，同樣的情況也會再來一次，周而復始。

沒辦法，我只好跑去找之前她昏倒時掛急診的那位醫師。

「應該是視網膜剝離引起的視力問題。」

把燦燦的近況向醫師說明之後，醫師這麼對我說。

我無意識地把「視網膜剝離」這幾個字唸了一次，疑惑地問，「那是什麼？」

「糖尿病患者常見的症狀。因為胰島素不足而導致血糖運用不良，視網膜在長時期缺血缺氧和營養不足的情況下，會出現不正常的新生血管群增生和纖維結締組織增生，這樣很可能導致患者突然喪失視力。此外，異常的纖維組織增生，收縮造成牽引的力量，會將視網膜扯離眼球壁而造成視網膜剝離，導致失明……」

醫生說了一堆專業術語，我雖然完全聽不懂，卻能從字面上的字句明白他想要表達的內容。

怎麼回到宿舍、怎麼打開電腦、怎麼努力平穩自己顫抖個不停的雙手，在搜尋引擎上打出「視網膜剝離」這幾個字的，我全都不知道。

腦袋裡亂糟糟，覺得剛才好像經歷了一場惡夢，一場燦燦被醫生宣判恐怕會失明的惡夢。

好不真實的感覺。

我的心像被人用力掐住一樣，痛得就快要死掉。

為什麼會這樣？為什麼是燦燦？她那麼單純、那麼善良，為什麼這種事會發生在她身上？如果用我一半的壽命來換她所受的痛苦，這樣的交易，上帝肯不肯讓我成交？

我不想就這樣失去燦燦，不想！

燦燦還那麼年輕，她還有好多的未來要去面對，她還要繼續在我的生命中用開朗的聲音喊著「阿莫！」，她還沒談過戀愛，也還不能拋下老是說要保護她，但其實很依賴她的勤美，她還沒聽見我說……我愛她。

所以她不能離開，不能故作瀟灑地拋下我們，擺擺手就離開。

她不可以這樣，不准！

「阿莫！」

當我兩眼通紅地出現在燦燦面前，燦燦的臉上滿滿是驚疑。

「你怎麼了？」燦燦把我拉進她的套房裡，關心地看著我，「發生什麼事了嗎？」

「我去找過醫生了。」

燦燦凝睇我的眼神裡，閃過詫異與了解的矛盾情緒。

「醫生跟你說了？」

燦燦雲淡風輕的語氣，宛若這是一件稀鬆平常的事，並不值得大驚小怪。

「燦燦，妳爲什麼都不說？爲什麼老是自己一個人承受？燦燦，我不是別人，我是阿莫呀，是妳的朋友……」

我話還沒說完，就被燦燦突然輕撫著我臉龐的雙手給驚愕住，再也說不出話來。

站在我面前的燦燦閉著眼睛，雙手輕輕地在我的臉上移動。

「這是阿莫的眉毛、這是眼睛……鼻子，這個是嘴巴、耳朵、頭髮……阿莫，如果有一天，我眞的失明了，至少我還有記憶，我可以在記憶裡看見你，我可以在記憶裡回想你的樣子。阿莫，我並不覺得我失去什麼，至少我還有許許多多的回憶……」

燦燦睜開眼，雙手卻依然沒有離開我的臉龐，我望見她眼底那座清澈明亮的湖泊，倒映出我悲傷的翦影。

燦燦輕輕揚起嘴角，彎起一抹幸福的淺笑。

「阿莫，我不是故意不跟你說，是我捨不得看你傷心難過的樣子，對我來說，你不是朋友，是……燦燦喜歡的人喔。」

我的眼淚迅速奪眶而出，下一秒我已經緊緊抱住她。

雖然不明白燦燦說的喜歡是哪一種喜歡，但我已經管不了那麼多了。

就算燦燦會生氣，就算會被燦燦列爲拒絕往來戶，就算以後燦燦看到我都不肯再跟我說半句話……就算眞的會那樣，我也全都不想再管了。

我只想緊緊地抱著燦燦，什麼都不要再去想、什麼也都不管了。

就算只有一秒鐘，即使只有一秒鐘的時間可以緊緊地抱著她，我也不要浪費。

「阿莫，我說過我不能談戀愛，但沒說過自己不能去喜歡，所以，我喜歡你，阿莫，很喜歡很喜歡地喜歡著你，比你想像中還要更深地喜歡你。」

那天之後，我跟燦燦之間一直維持著一種曖昧的關係。

我們之間依然是很好很好的好朋友，卻怎麼樣都跨不進愛情的領域裡。

燦燦用飽含情意的溫柔聲音說著喜歡我的那些話，就像跳針的唱片一樣，不斷地在我的腦海裡播放，但她始終不肯答應當我的女朋友。

雖然有些遺憾，不過只要能陪伴在燦燦的身邊，看見她巧笑倩兮的溫柔模樣，聽她用微微上揚的聲音，撒嬌般地喊著「阿莫」，對我來說，就已經足夠了。

當幸福太過於飽滿時，就注定要面對隨之而來的失落。

所以我情願自己的幸福只維持在八分滿的位置，沒有滿溢也就不會失去。

我是這麼告訴自己的。

能和燦燦一起做她認爲對生命有意義的事，和她呼吸著相同的空氣，和她一起吃一頓沒人打擾的晚餐，和她一起東奔西跑地去煩那些工廠老闆央求他們的贊助……這些，都是記憶裡很重要的環節。

串聯著燦燦跟我共同回憶的重要環節。

我很珍惜這些彷彿塗上彩虹顏色的幸福過程，每一幕都像閃閃發亮的星星，點綴在我平淡無奇的生命中，鑲成一大幅色彩活潑的美麗圖畫。

燦燦，妳說月亮的光芒從來不是為了自己而發亮，星星也是。

✕

勤美自殺的消息，在十一月中令人錯愕地傳來，燦燦跟我得知消息的第一時間就衝到台中去。在火車上，我還不斷地和朝陽維持通訊，得知她也正由花蓮趕搭自強號往台中的途中。

然後我跟燦燦在醫院看見滿臉憔悴、神色蒼白，洗完胃剛從觀察室被推到普通病房的方勤美。

一路上燦燦只是緊抿著嘴唇，什麼話也不肯說，一見到勤美，努力把持住的鎮定瞬間瓦解，她只瞟了勤美一眼，眼淚就潰堤。

「妳、妳怎麼這麼笨？」燦燦站在勤美面前，哭得像個孩子，「萬一妳真的怎麼樣了，那我要怎麼辦？妳怎麼可以這麼自私？」

愛哭的勤美這回反而沒哭，她虛弱地輕扯嘴角，安慰燦燦，「不會，妳看我這不是好好的？」

「哪有好好的？」燦燦抹著怎麼樣也抹不乾的眼淚，她定睛在勤美被紗布包紮的左手腕，心疼的口氣漫在唇邊，「痛不痛？」

勤美輕輕舉起自己左手，瞄了瞄被護士包紮得漂亮的傷口，淡淡地說：「心都被挖走了，哪裡還能感覺到身上的痛？我也眞笨，居然爲那種不愛自己的人傷害自己，可是能怎麼辦呢？……我那麼愛他。」

像通關密碼突然被解開般，勤美眼淚的開關也被解開了，泣不成聲。

窗外陽光正好，雖然已經是十一月天，但並不寒冷，從房內那片大玻璃窗望出去，可以看見藍天綠地，還有樹葉尙未落盡的黑板樹，融合成一片寧靜和諧的美麗景象。

然而窗內，卻已經開始在下雨……

朝陽趕來的時候，勤美已經因爲哭累而睡著了。

「怎麼樣？」

站在病房門口，朝陽滿臉焦急地問我。

「幸好發現得早，呑了二十幾顆安眠藥，還割傷了手腕。醫生說還好沒割到動脈，沒造成大量失血。」

「她、她怎麼那麼笨？」朝陽一寬心，眼淚便撲簌簌地掉下來。

「頭髮也剪得亂七八糟的，我想勤美一定是痛到心裡去了，才會失去理智。」我一想起她那頭自己動手剪得像被狗啃到的頭髮，就捨不得。

捨不得的當然不是她的頭髮，而是當時的勤美，到底是承受著多麼龐大的悲傷。

「他說過他最愛我的長髮，細柔得像絲線……但他終究還是愛上一個剪著男生頭的女生……所以我要忘了他，拋棄我身上所有他曾經喜歡過的東西，不要他曾經愛過的頭髮，不要曾經愛過他的心，也……不要我自己了……」

勤美說這些話時眼神是空洞的，清透的淚汩汩地從她空洞洞的眼眶裡漫溢出來。

朝陽身邊站了一個男孩子，從他看她的眼神中，不用問我也猜得出他們兩個人的關係。他一會兒遞面紙給朝陽，一會兒刻意站得遠遠的，不打擾我跟朝陽的談話。

「妳男朋友？」雖然答案昭然若揭，我還是為求保險地想確定一下。

朝陽點點頭。

「對妳好嗎？」我可不希望方勤美事件再來一次。

「還不錯。」

「妳很愛他嗎？」我比較擔心的是不對等的付出。

「他比較喜歡我。」

我滿意地笑開了，「那就好。」

「放心。」朝陽看出我的擔憂，破涕為笑，「我沒有那麼脆弱，不會為了一個不愛自己的人想不開。」

「我已經被勤美嚇到了，老人家心臟不好，經不起太多驚嚇。」

「你還是那麼愛操心耶，小心腦神經衰弱。」朝陽抹掉眼淚，恢復原有的開朗模樣，開始取笑我。

「妳是我妹妹耶，我當然會擔心啊。」

「只是妹妹嗎？」朝陽三八兮兮地偏著頭看我，又故意把臉湊近，瞪大兩隻眼睛盯著我，「真的只是妹妹？一點都沒有偷偷喜歡過我嗎？」

「我眼光再怎麼差，也不會喜歡上一個男人婆啊。」我不怕死地說，抬頭挺胸，露出從容就義的模樣。

「那燦燦呢？你喜不喜歡她？」

那燦燦呢？我喜不喜歡她？

當然喜歡！

而且是喜歡到心會微微酸痛的那種喜歡。

只是我們之間，終究只是一段故事，走不到永恆。

勤美出院後，迅速地辦了休學手續，她的說法是沒辦法再待在那個充滿愛情記憶的空間裡，不管是兩個人曾經手牽著手經過的校門口，或是一起光臨過的商店，甚至是學校裡那棵曾經見證他們愛情的老榕樹。

全都成了她生命中不能承受之輕。

所以她決定放自己一馬，休息一年，回到從小長大的地方，好好療傷。

「我要把從前那個對未來充滿希望與美麗憧憬的自己，重新拼湊回來。」勤美信心滿滿地說。

我在她臉上看見自信的美麗光芒。

「這樣的妳，才是最美的。」我那時是這樣對她說的。

平淡的年輕歲月就在我們青春的指縫間輕悄悄地溜走，春去秋來，季節更迭，然後我跟燦燦，還有朝陽都上了大三，勤美則在休息了半年後，復學當了大二生。

阿邦在大三時跟燦燦恢復往來，並且追到一個大一的菜鳥學妹當女朋友。

「我不是不喜歡燦燦了喔，只是我覺得你說得很對，有時候朋友的情分真的可以比情侶來得更深更久，所以我只是換個方式來愛燦燦喔。」

阿邦死鴨子嘴硬地盡講些歪理，企圖想蒙混過去。其實他轉移目標也好，畢竟得到便宜的是我。

我曾經問過和阿邦恢復邦交後的燦燦，會不會責怪阿邦之前對她做的那些不禮貌的舉動。

「如果你以二十年後的自己，來看眼前的這些事，你就不會覺得有什麼好計較的了，畢竟能夠被人喜歡著是很幸福的，更何況，阿邦也不是蓄意的，不是嗎？」燦燦揚著甜甜的笑，這麼說著。

小巴學長跟姚美麗也順利交往，學長還爲了姚美麗刻意選塡我們學校的研究所，他曾經私下跟我表明他很怕萬一去服兵役，沒守在姚美麗身邊，姚美麗會被別人追走。

我那時眞的有股衝動想告訴學長，他實在是想太多了，並不是所有的人都能像他一樣，看見姚美麗的美麗。

至少我就看不見。

燦燦的情況似乎已經比較能夠控制了，她答應我會乖乖吃藥跟量血糖，眼睛的症狀則是去找過醫生，接受醫生建議，試著開刀看看，說不定可以控制不繼續惡化。

彷彿曾經失控的一切，現在終於又重新都拉回軌道上。

當我爲此而感到心滿意足的同時，卻沒發覺在這個詭譎多變的世界，所有的事物並沒有常態的規則。

命運習慣捉弄人，這是不變的定律，只是我再怎麼想，也不曾想過有一天，我會變成被命運捉弄的對象。

燦燦，當我能從人群中一眼就望見妳站立的位置時，我就知道自己已經淪陷了。

※

寒假才剛開始，我就從勤美口中獲知燦燦被送進加護病房的消息。

「妳、妳有沒有聽錯？」

我是在睡夢中被勤美用手機吵醒的，聽見勤美告知我燦燦的狀況時，一時之間還以爲自己仍在睡夢中，不願意相信耳朵聽見的事。

「是眞的、眞的啦！我現在就在醫院，跟燦燦的爸媽在一起，阿莫你快來，我眞的很害怕，已經、已經不知道該怎麼辦才好了……」

勤美邊哭邊說，我這才驚覺大事不妙，連忙抓件外套，連睡衣也沒換就騎著機車衝到醫院去。

「是敗血症……」

我幾乎是三步併兩步地跑到加護病房外面，一見到哭得淒滲的勤美，整個人也跟著方寸大亂。

勤美一看到我，連忙起身，步履不穩地衝過來抱住我，可能是突然聽到這樣的消息，一時之間沒辦法相信也消化不了，渾身不停地顫抖著。

久久她才哽咽地吐出那四個字，一講完又哭得淅瀝嘩啦。

「怎麼、怎麼會這樣？」

我的腦袋一片空白，怎麼樣都沒有辦法相信，幾天前燦燦還開開心心地跟我講電話，聊著寒假過後，她想去喜憨兒基金會當義工，我那時還叮嚀她要多注意自己身體，別累壞了。

怎麼她現在已經躺在加護病房裡了？

「是不小心踢到桌角跌倒，擦傷膝蓋，傷口感染又沒有及時處理，才會引發敗血症……醫生剛才說情況不怎麼樂觀，可能、可能要、要截肢……不然怕會引起全身性敗血症……」

我的耳朵瞬間像失聰了一般，再也聽不到任何聲音，只望見勤美一開一合的嘴唇，什麼也聽不見了……

「截、截肢？」

我的聲音飄飄忽忽，連自己也不確定那到底是不是我自己的聲音。

勤美一聽我重複她說的「截肢」兩個字，眼淚掉得更厲害了。

燦燦的爸媽根本就沒空理我們，燦燦媽媽的眼淚也掉個不停，燦燦爸爸的眉頭緊緊鎖住，大家都在為躺在加護病房裡的燦燦煩惱。

燦燦住院的消息很快就傳進社團那些夥伴的耳裡，隔天好幾個夥伴都衝來醫院要看燦燦。

只是，加護病房的探病時間有限制，大夥人硬是撐到中午十一點半，才依序進去看看依然昏迷的燦燦。

躺在床上的燦燦，看起來像睡著一般，閉著眼睛的臉龐看起來好安詳，淡粉色的唇瓣微微上彎，似乎正作著甜美的夢。

我看著她，眼眶不能自已地酸疼起來。

哈囉，燦燦妳好嗎？還沒睡飽嗎？大家都來看妳了喔，妳趕快醒過來看看大家吧，別讓大家擔心囉。

燦燦，妳向來貼心，總是什麼都先替大家著想，朋友的事永遠比妳自己的事情來得重要，可是這次妳怎麼這麼任性呢？寧願閉著眼睛睡自己的覺，也不願意睜開眼睛對大家笑一笑，這樣的妳不是我們認識的妳喔。

勤美一把抓住燦燦放在棉被外面的手，眼淚滴滴落下，「燦燦、徐燦燦，起來！妳給我起來！起來……」

躺在床上的燦燦動也不動，勤美的眼淚掉個不停，她一哭，姚美麗便再也忍不住，跟著勤美嗚嗚咽咽地哭起來。

勤美拉著燦燦的手，慢慢蹲下去。她伏在床緣，難過地呢喃，「燦燦妳快點醒來，妳不在我怎麼辦？妳不是說過一定要看見我幸福快樂才能安心嗎？妳不是說過將來要當我的伴娘，要看我慎重地把自己的幸福交給一個值得託付的人才放心嗎？妳不是說過要跟我一起環遊世界？妳不是說過要跟我一起開一間充滿浪漫溫馨氣氛的咖啡屋嗎？……燦燦，妳說的話都不算數，沒有妳在我身邊，我的幸福就缺角了，怎麼會完整？妳快點醒過來、快點……」

勤美實在哭得太兇了，我擔心她再這樣哭下去，會吵到鄰床的病患，於是硬把她架出加護病房外。

一走出加護病房，就聽見站在病房外的醫生，正在對燦燦爸媽敘述燦燦病況的聲音，雖然醫生刻意壓低音量，聲音仍然斷斷續續地傳來。

「……應該是不會這樣昏睡的，也許是因爲不想面對什麼，所以選擇不要醒過來……手術不算很困難，義肢也可以訂作……不會影響到行動……對……插管是一定要的，動手術嘛……當然會很小心呀……擔心的是其他的併發症……」

我豎起耳朵想要聽清楚，但畢竟隔了一小段距離，醫生的聲音被切割得不完整。然而光是把那些片段的字句拼湊起來，也已經夠我心驚膽顫了。

接下來連續好些天，我跟勤美天天到醫院報到。

社團裡那些夥伴也幾乎天天有人輪流來看燦燦，大夥兒說已經把燦燦的情況 po 在學校的ＢＢＳ站上，請大家幫燦燦禱唸，說不定大家集氣之後，可以把燦燦從死神的手中搶回來。

也許是託大家的福，燦燦的情況雖然沒什麼明顯的起色，倒也沒什麼令人不安的壞狀況發生。

我們都很好奇燦燦到底爲什麼不肯醒過來，醫生說依燦燦的情形，應該不至於會昏迷這麼多天，她到底是在逃避什麼？

第四天，朝陽從日本回來。她跟家人去日本玩了五天，燦燦送進醫院的當天，她才剛坐上飛機飛到日本去，所以沒辦法在第一時間趕來醫院，她是看到我傳給她的簡訊才

知道燦燦的事情的。

朝陽紅眼睛紅鼻子地衝到我家，大概是因爲太緊張了，講話結結巴巴的。

「阿、阿莫，燦燦她、她……」

我把手放在朝陽的肩頭，試圖要穩定她的情緒。她的心情我能體會，是那種驚慌無措，彷若被瀕臨懸崖的不安與膽怯層層包圍的難過心情。

雖然事情過了這麼多天，我已經慢慢接受燦燦住院的事實，但偶爾仍會有那種好像是被誰開了一個玩笑的錯覺。

什麼都不眞實的錯覺。

帶朝陽去看燦燦時，朝陽靠在燦燦耳邊說悄悄話，朝陽一說完，我看見有滴晶瑩剔透的淚，順著燦燦左眼的眼角輕輕滑落……

「燦燦……」我驚喜地大叫，激動地抓住朝陽的手，「我、我去叫醫生，說燦燦有……有反應了。」

我不只把這個突破性的進展告訴醫生，也馬上跑去醫院外面打電話給勤美。她已經爲了燦燦的事，哭到體重掉了兩公斤。

我們都以爲這是一個轉機，也許隔天燦燦就會醒過來，揚眉扯著笑對我們說：

「啊，怎麼大家都來了呀？」

也許。

那時我的，的的確確是這麼盼望著的。

燦燦，雖然說好了誰都不許哭，但我還是沒有辦法偽裝堅強，總是在轉身的瞬間才發現，原來自己早已淚流滿面。

✕

然而，躺在一片雪白世界裡的燦燦，並沒有在我們的期盼中甦醒，醫生說燦燦的眼淚只是一種受到外力刺激的反射動作，不是意識性反應，不具任何意義。

醫生的話猶如一種宣判，刺耳的宣判。

我並不喜歡。

勤美的淚還是如雨一般地下，我的世界也依舊灰濛濛。

這些天，幾乎都是朝陽陪著我。她陪我去醫院看燦燦，她拖著我去看電影抒壓，她拉著我去吃飯，強迫我一口一口吞下那些雪白的飯粒，她陪我說話聊天，不讓我有多餘的時間胡思亂想。

「阿莫，你要打起精神來，這樣死氣沉沉的模樣，燦燦不會喜歡的。」朝陽這麼對我說。

冬日正午的太陽，儘管再怎麼散發光和熱，依然拂不去飄浮在空氣裡的冷冽寒凍，曬不乾心裡那片陰晦潮溼的角落。

朝陽跟我去醫院看過燦燦後，她便拉著我，去以前我最喜歡的咖哩餐廳吃飯，還很貼心地幫我點了一盤牛肉咖哩飯。

「吃光！你看看你身上的肉全都不見了，這樣子看起來一點都不帥。」

朝陽把牛肉咖哩推到我面前，霸氣十足地對著我說，但我卻望見她眼底那抹濃烈的擔憂。

「朝陽，謝謝妳。」謝謝妳總是在我最軟弱的時候陪在我身邊。

「幹麼、幹麼突然這麼噁心？」朝陽的氣勢一下子全弱了下去，她這個人對煽情的場面一向沒輒，尤其我又用那麼感性的聲音對她說話。

在朝陽的脅迫下，我乖乖地吃光那盤咖哩飯，然後又被朝陽拖去公園散步、曬曬太陽。

「阿莫，」朝陽跟我踩在滿是枯黃樹葉的林蔭大道上，枯乾的樹葉被我們兩個人踩得沙沙作響，朝陽轉頭望著我，說：「你還記得之前我老是把你跟勤美湊成一對的事嗎？」

我點點頭。

「那時燦燦跑來找我，要我別再開你跟勤美的玩笑，我當時以爲是勤美不喜歡你，才叫燦燦來跟我說的，但那天燦燦就跟我承認她喜歡你。」

朝陽的話讓我完全傻住，腦袋直接當機，無法思考。

「阿莫，所以燦燦她其實很喜歡你，只是你不知道而已。」

「可是、可是……」

「可是爲什麼燦燦不肯跟你在一起，對不對？」朝陽一眼就洞悉我的疑慮，她的聲音輕柔緩慢地飄散在風中，「因爲燦燦她不想傷害你。勤美跟我說，燦燦曾經告訴過她，喜歡不一定要佔有，祝福也是一種愛情的方式。」

我不能理解燦燦的愛情觀，我不是一個怕被愛情傷害的人，也許我的個性是消極了一點，但不代表那是一種懦弱，我還是可以爲愛情奮不顧身，即使是飛蛾撲火，即使終將毀滅也沒關係，只要證明曾經費盡心力地愛過一場就好了。

「阿莫，你不要怪燦燦，千萬不要喔。」朝陽的眼眶慢慢溼潤起來，「燦燦只是用一種保護你的方式在愛你。」

我看著朝陽，深深地明白心裡有一個部分已經崩壞了，再也沒辦法復原地坍塌了。

三天後，燦燦被醫生宣告併發急性腎衰竭。又過了一個星期，燦燦在一整片淚海中倉皇離去。

沒有隻字片語，連一句再見也沒說就離開，只留下一堆回憶。

消息傳來時，天還沒亮，我坐在床上，溫熱的棉被已經滑落到床底下去，我卻絲毫沒有察覺。

聽著冰冷手機裡傳來的啜泣聲，勤美的聲音突然變得很遙遠。

沒等勤美說完話，我就關掉手機，整個人像被掏空一般地枯坐在床頭。

這是怎麼一回事？

一定是一個玩笑，我想。

沒道理燦燦會做出這麼讓人傷心的事。

只要不去回應就會沒事，只要不去看燦燦，就沒有人能騙得了我。

是這樣的，對不對？

我告訴自己，要相信燦燦會好好的，她會安然無恙地站在我的面前，一如往昔地揚著淺淺的笑，輕輕地說：「阿莫，你又在發呆了呀？」這樣的話。

我用這樣的信念來支撐自己搖搖欲墜的傷心。

我把自己關在房裡，不接電話、不開門、不吃東西，只是茫然地等待著，等待有一天能突然傳來燦燦甦醒過來的消息。

第三天，朝陽來找我。

她一見到我，就狠狠地甩我一巴掌。

「醒了沒？你醒了沒？」我這才發現朝陽哭腫了雙眼，汩汩成河的淚正迅速地流過她的臉龐，她叫著，「不吃不喝也不出門，你以為你在做什麼？我們已經失去燦燦了，難道連你也想要離開我們？你怎麼可以這麼自私？燦燦的離開是不得已，那你的離開呢？你想去陪葬嗎？那好啊，你去、你去，我告訴你，就算你死了，我也不會為你掉下任何一滴眼淚……」

朝陽幾近抓狂的憤怒，瞬間敲醒了我。我看著她生氣又傷心的表情，還有怎麼樣也止不住的淚水，原本空盪盪的內心，突然湧進各種感覺，難過、不安、悲傷、哀慟、絕望……

像被打翻的抽屜，原本刻意遺忘的各種情緒，就這樣一個個被挑起。

「阿莫，這是你的思樂冰，降火消暑喔……」

好像曾有那麼一次，我熱到全身快冒煙，燦燦頂著大太陽，跑去便利商店買了杯思

樂冰回來說要幫我消暑，雖然她不小心買到我最不喜歡的草莓口味，不過因爲是燦燦買的，所以還是很美味。

「我只是在記憶，記憶現在眼前的點滴美好，也許有一天，當我再也看不見這個世界時，至少我還能回憶，回憶波光瀲灩的美麗、回憶烈日灼灼的光芒、回憶風吹動浮雲飄動的景緻……回憶，才能讓我深刻感受過自己曾經擁有……」

我還記得燦燦說這些話時，臉上閃過的情緒，是惶惑不安、是不知所措、是悵然若失……是一種刻意隱藏卻又不小心散落一地的絕望。

「阿莫，我很喜歡你，很喜歡很喜歡的那種喜歡喔，我喜歡你的善良，喜歡你總是溫柔對我的方式，喜歡你笑起來單純無憂的樣子。可是阿莫，我不能答應你，我不能任性地跟你在一起，我不希望在你把心掏出來、投入感情之後，卻必須狠狠地傷害你，我不想要看見阿莫你爲燦燦哭，我喜歡微笑的阿莫，看起來好像天塌下來都沒關係……」

燦燦微笑的眼裡有薄薄的淚，我在她眼裡讀到了她說的喜歡，還有一點點的抗拒，她說她喜歡時的那種誠懇，還有不能戀愛的那種悲傷，全夾雜在她眨眼的瞬間。

「阿莫，如果燦燦對這個世界上還存有一絲絲的眷戀，那也是因爲你的關係……」

燦燦將手覆蓋在臉上，眼裡晶瑩剔透的淚卻怎麼樣也覆蓋不住地撞進我的眼底、心裡，釀成海一般深的痛。

如果我那時用力地抱住燦燦說我們什麼都不要管了，只要讓我好好保護妳就好了，那又會是什麼樣的結局呢？是不是至少不會有遺憾？

「阿莫，我捨不得看你傷心難過的樣子，對我來說，你不是朋友，是……燦燦喜歡的人喔。」

燦燦，也許我們都是膽小的人，面對感情總是躊躇不前，我們都對幸福有想像，卻缺乏追求的勇氣，所以才會在兩個世界裡如此傷心。

「阿莫只保護燦燦嗎？保護燦燦很累喔……那如果有一天燦燦不小心變成天使了，可不可以換燦燦來保護阿莫？」

回憶像猛獸，愈甜蜜，攻擊的力道就愈強烈，我幾乎就快要招架不住地開始掉淚了，當所有的感覺全都回來的時候，我才發現，原來自己這麼地害怕，心裡的傷口這麼大、這麼痛。

「你這樣子，燦燦知道會……會不開心的。」朝陽的聲音響在耳畔。

我的淚開始紛紛滑落。

「難道……難道就這樣說再見嗎？可是燦燦她一句話都沒說啊……」

「燦燦不是說有回憶就好了？」朝陽拉住我的手臂，哽咽著，「至少我們有共同的回憶啊，至少那些記憶裡的燦燦是笑著的，那就夠了……」

「怎麼會夠呢？朝陽妳不知道，我是那麼那麼喜歡她，卻沒辦法擁有她……她像是我人生的缺角，是一個遺憾……」

我的眼前一片模糊，就連朝陽的臉也看不清楚了。

「阿莫……我不是說過了嗎？早在你開始喜歡燦燦之前，她就已經在喜歡你了……阿莫，喜歡不一定要佔有，只要放在心底，看著對方幸福快樂，那也是一種愛……」

我抬起眼，看著朝陽那張我怎麼也看不清的臉，心裡像被什麼東西刺到一樣，酸楚得厲害……

一個星期後，燦燦在告別式中，正式跟我們說再見。

告別式上，燦燦的媽媽播放一卷她從燦燦書櫃裡翻出的錄音帶，是燦燦大一升大二那年暑假預錄好的，也許她早在那個時候，就已經發現自己的病情會發展到不可控制的地步，所以才會說先錄好那些話。

「嗨，親愛的你們，當大家聽到這卷錄音帶，也許我已經不在你們身邊，到天上去當天使了吧！先說好喔，大家全都不准哭，只要想起燦燦溫暖的笑臉就好，好嗎？」

燦燦的聲音才講到這裡，就有好幾個人又忍不住哭出來了。

「燦燦並沒有離開你們喔，我還在大家心中呀，那些美麗的回憶是我們之間最好的聯繫，證明燦燦曾經來過這個美麗的世界喔，雖然提前跟大家告別，不過你們放心，我只是先幫你們到天上去探路，順便佔幾個錢多事少的天使職缺，怎麼樣？燦燦是不是很有義氣啊？」

燦燦俏皮的語氣，讓大家輕輕微笑起來，她果然還是大家心中那個又善良又溫暖的小天使。

「燦燦很謝謝你們，所有我愛的你們，全都給了燦燦美好的記憶，因爲有那些記憶，所以燦燦始終覺得自己很滿足、很充實，因爲那些記憶，讓燦燦的世界充滿色彩，不再灰白空洞，就連風拂過樹梢的聲音，也充滿幸福的迴響。」

「所以，請答應燦燦，不要哭喔，請讓我的告別式充滿歡樂的氣氛，就當燦燦是出國去念書，以後，我們還是會再見面的，好嗎？」

「……最後，我想說的是……那個哭得稀里嘩啦的方勤美，妳可以不要再掉眼淚了嗎？再哭下去眼睛會瞎掉的……燦燦很謝謝妳總是這麼照顧我，總是那麼設身處地替我著想，總是像個老媽子一樣擔心著我……燦燦很愛妳，很愛很愛妳喔，所以，不可以再哭了，乖喔。」

「然後是朝陽。對不起喔，之前還把妳當成男生，不過也幸好是那個誤會，才能延續我們之間的緣分。認識妳跟阿莫，一起玩樂和讀書的那段日子，是燦燦生命中最美好的一段時光，燦燦不在的時間，可以請妳幫我照顧勤美嗎？那傢伙實在太愛哭了，沒人陪在她身邊我實在放心不下，如果可以，能幫我這個忙嗎？謝謝妳囉，朝陽。」

「再來是……阿莫。老實說，燦燦現在心裡很緊張，因爲要跟一個自己很喜歡的人告白，是一件很掙扎的事。阿莫，如果你在聽到這卷錄音帶之前，已經聽過任何我說喜歡你的消息，請相信，那全都是出自我肺腑的話語……阿莫，認識你之後，我才發現原來自己的感情可以這麼豐沛，原來喜歡一個人是這麼徬徨不安，卻又夾帶著一絲絲的甜蜜，即使我們之間終究沒辦法走到最後，我卻從來不曾後悔，因爲經歷過，我才能擁有這些深刻的感受……所以，是的，阿莫，我喜歡你，很喜歡很喜歡的那種喜歡……」

「然後是爸爸媽媽，請不要難過，燦燦一直都很勇敢地在面對自己的生命，即使它終究不能發光發亮，但至少我已經努力了，請不要自責，你們並沒有虧欠燦燦什麼，我的生命是你們給的，幸福是你們賦予的，快樂是你們贈與的……這些都是我的財富，我並沒有怨尤……如果還有來生，請繼續讓燦燦當你們的小孩，燦燦會更加倍努力回報這輩子沒辦法回報你們的一切，好嗎？」

燦燦的話一講完，大家並沒有守信，一群人嗚嗚咽咽哭成一團。

我的悲傷也被勾起，化成淚，落在臉頰上。

對不起，燦燦，請原諒大家的脆弱，我們的難過找不到出口，只能在妳的告別式上用眼淚救贖。不過燦燦，我想妳應該不會介意，妳會原諒大家的，對吧？

燦燦，也許我的憂傷要花好長的時間才能痊癒，也許我終其一生都會被囚困在想念妳的漩渦裡，找不到掙脫的方法。然而就像妳說的，我從來都不曾後悔曾經走過這一遭，也不後悔遇見妳、喜歡妳、失去妳的這些過程。

因爲妳，那些回憶全都變成彌足珍貴的寶藏。

燦燦，妳曾經說過，時間就像一張濾紙，會層層過濾我們所有的歡喜悲傷，然而多年後再回頭，只會看見那些絢爛的部分。

對我來說，燦燦妳是我生命中最絢爛的那一部分，沒有任何人可以取代。

所以是的，燦燦，我喜歡妳，很喜歡很喜歡地喜歡著妳，那種喜歡的程度是妳無法想像、不可預測的。

所以是的，燦燦，我喜歡妳，很喜歡很喜歡地喜歡著妳。

＊

「阿莫，你快一點啦！大家都在等你了耶，很龜喔你。」

宇宙超級沒氣質的朝陽站在我家門口扯著嗓門大叫，見我一開門，又是劈里啪啦地一陣罵，內容當然不外乎我拖延了大家的時間之類的話。

「哪有什麼大家啊？不過就是妳跟勤美還有我，三個人而已，講得好像幾十個人一樣！」我不甘示弱地反駁。

「都說了幾點要一起去看燦燦，你居然還要我們兩個人跑來你家恭請你出門，會不會太大牌了你？」朝陽這傢伙大概是世界上最愛跟我計較的人了。

「就說了不小心睡過頭嘛！」我已經解釋到有一點煩了。

「啊你就不會……」

朝陽扯開嗓門正準備展開另一波攻擊時，一旁的勤美連忙跳出來圓場。

「好了好了，阿莫你下次不可以再這樣子了喔！朝陽妳這次就原諒阿莫嘛，他又不是故意的。」

朝陽瞪了瞪我，才說：「這次看在勤美的面子上就先不跟你計較了，不過死罪可免，活罪難逃，說！你要用什麼方式補償我們。」

「好啦好啦，那不然晚上我請兩位小姐吃飯看電影，怎麼樣？」

「很好，成交。」

朝陽開心地拍掌定案，我雖然爲自己的錢包哀悼，不過，花點小錢消滅朝陽的怒氣，換回她的笑容，怎麼算都值得。

於是，我們三個人就這樣騎著兩部機車，來到燦燦長眠的墓園，勤美將燦燦最喜歡的白玫瑰放在她的墓碑前，朝陽則是遞上燦燦以前最愛喝的那家飲料店的無糖紅茶，接著，她們兩個人很有默契地同時望向雙手空空的我。

「喂，你該不會什麼都沒準備吧？」朝陽開口問我。

「怎麼可能？」我從牛仔褲口袋裡掏出一封信，揚了揚，說：「我準備了一封信呢。」

「信？」朝陽見鬼似地大叫，「你自己寫的嗎？」

「不然呢？難道那些字會自己跑到我的信紙上？」朝陽的反應也太奇怪，我寫信很讓人驚訝嗎？

「眞是太神奇了，阿莫！」朝陽依然鬼叫，「你不是不會寫信嗎？」

朝陽這一叫，我才想起那年她叫我幫她捉刀寫信給燦燦說要跟她交朋友，我卻寫了好久也寫不出一封完整的信的那件事。

原來，燦燦的離開，竟然激發了我的潛力，讓我把不可能的事變可能。

後來，我在朝陽的脅迫和勤美的軟聲哀求中，點燃打火機，一把燒了那封信，堅持不讓她們看見信的內容。

「開什麼玩笑？那是我寫給燦燦的情書耶，怎麼可以讓妳們兩個人看？」

一抹淺淺的笑，自我的嘴角緩緩漾開。看著被風捲進半空中的信紙灰燼，我知道，另一個世界的燦燦，一定會收到這封遲來的情書，然後開心又甜蜜地輕輕微笑起來，一如我所認識的那個，愛笑的燦燦。

嗨，燦燦，妳好嗎？

✕

嗨，燦燦，妳好嗎？

天使的職務累不累？記得別太逞強，要多休息，有空要常想我們喔。

妳不在的這段時間，大家都很好。妳曾經說過，時間是最好的藥，它會治癒我們所有的悲傷難過，也許，妳說得對。

雖然有時想起妳，我仍有種泫然欲泣的傷心，但我相信時間會慢慢平復一切。

啊，對了，勤美那傢伙交了新男朋友了喔，這次勤美學乖了，有先通知朝陽跟我去台中幫她鑑定那個男生，通過我們兩個人的考核後，她才接受那個男生的追求喔，這男生比之前她那個男朋友要好太多太多了，他對勤美體貼又溫柔，重點是他很喜歡勤美喔，所以燦燦，妳可以大大地放一百二十個心了。

至於朝陽啊，她的男朋友還是之前那一個，這大概就不用我再向妳報告了吧！那女人還是很三八，每次都要強迫我講什麼祝福她跟她男朋友天長地久、海枯石爛這種超白痴的話，有夠變態的她。

雖然如此，我還是很感謝朝陽。在妳剛離開的那段時間，她總是陪在我身邊，有時陪我發了一天的呆、有時陪我在街上閒逛一整天，有時強迫我雞同鴨講地跟她說一整天的話，甚至在開學後，有好幾次，她千里迢迢地從花蓮搭車來陪我度週末，就是怕我自己一個人會胡思亂想或做傻事。

這樣的朋友，是不是眞的很夠義氣？

不過，我想，最夠義氣的是她男朋友吧，居然可以放任她跟我獨處，也不怕她劈腿或變心，呵！

啊，對了對了，忘了跟妳說色鬼阿邦的近況，那傢伙要結婚了，很驚訝吧？對象就

是他那個菜鳥學妹喔。那個學妹不只是感情上的菜鳥，還是算術的菜鳥，竟然連自己的安全期都會算錯，結果害得色鬼阿邦年紀輕輕就要被綁住。但這種事也不能全怪菜鳥學妹，如果阿邦沒有那麼色，也不用七早八早就被綁去當爸爸，對吧？

還有還有啊，小巴學長跟美麗現在是社團裡公認最幸福的一對情侶，燦燦妳一定很爲他們開心吧？

大家在這個世界都過得很好，只是燦燦，在另一個世界的妳過得好不好呢？

雖然妳離開已經一年了，但我還是很想念妳，每當思念來得太急太快時，回憶便會緊緊壓迫著我的淚腺，逼出無法壓抑的淚水，這些，燦燦妳一定都不知道吧？

回憶像猛獸，當那些美好的過去從心底衝出來侵襲我的時候，我的心就像被什麼東西掐住一樣地發痛，悲傷迅速蔓延。

但是燦燦，即使想念讓我的心如此疼痛，我卻無法讓自己不去回憶妳。

燦燦，我總覺得妳並不是眞的離開了，即使妳並不在我身邊，但卻在我心裡面，妳以另一種更美好的方式，存活在我的記憶裡。

我不想放棄，也不會忘記，那些關於妳給的，點點滴滴。

那些所有燦燦妳給予我的快樂與哀傷，都是完整我生命的重要元素，就像妳的驟然別離，讓我學會寬容與珍惜。

燦燦，我已經別無所求了，只希望另一個世界的妳，一切安好。

這樣，就好。

真的，只要這樣，就好了……

燦燦，我愛妳。

【全文完】

◁後記

謝謝，我愛你

老實說，《燦燦》並不是一個很好寫的故事，這個故事花去我太多的時間跟精力，我很努力地想要把故事講好，但似乎並不是那麼容易。其間有好幾次，我總在繼續與放棄的拉鋸戰中抉擇著，只是每每想到我的爺爺，就彷彿有股力量，推動著我繼續往前。

幾年前，我曾經寫過一個短篇故事，篇名叫〈錫蘭和甜菊葉〉，那是描述一個糖尿病女孩的故事。那一陣子，我的爺爺因爲糖尿病，加上腳趾頭受傷，傷口惡化、細胞壞死的緣故，被鋸掉一條腿。我們家的生活頓時大亂，然後我才開始注意到「糖尿病」這個名詞，看了一本關於這種病的故事後，寫下《錫蘭和甜菊葉》這個故事。

接著，我的爺爺在一次急救中因插管傷到咽喉，導致無法吞食，因而被氣切，然後失去求生意志。再過一段時間，爺爺在不斷的洗腎過程中經歷一次又一次的疼痛，每每去看他時，他總是閉著眼搖頭，跟他說什麼他都不聽也不回答，然後爺爺的病情無預警地急轉直下，九十幾歲的身軀迅速消瘦老化，身體裡的各項器官也快速衰敗，直到後期，爺爺幾乎已經完全失去意識地昏迷著，只用冰冷的機器在維持著他無聲的生命。

然而，經歷過幾次急救後，在家族裡的父執輩一陣討論聲中，決定簽下放棄急救聲明書，我甚至連爺爺的最後一面都沒見到，就接獲他離開我們的消息。於是我的淚水，在冬末初春時節，怎麼樣也蒸發不掉，心裡像有一塊滯留的鋒面，陰晦溼冷。

也許是帶著那份遺憾，所以我特別會留意「糖尿病」這個名詞，每每只要在報章雜誌上看到這三個字，總會特別細心地瀏覽。大概是因爲這樣，才蘊釀出《燦燦》這個故事。

《燦燦》並不是個快樂的故事，所以常常寫著寫著，我的心情就跟著悲傷起來，可是燦燦說過她要笑著，要讓所有的人日後回憶起她時，只記得她微笑的模樣。所以心裡的掙扎與衝突常會開始打架，明明某些橋段裡，燦燦應該是要哭的，但她還是努力微笑，忍受著身體與心理的煎熬，還是要安慰身旁的人說她沒事。

也許我們每個人心裡都住著一個燦燦，明明很脆弱，想要人保護，明明眼淚衝到了眼眶，卻還是硬把它壓抑下來、明明很想要用力地擁抱一個人，卻還是努力克制住自己的衝動，明明很想哭，還是費力地讓嘴角上揚……我們心中，都住著一個倔強又好強的燦燦，不想輕易就讓人看見最眞實的自己。

然而，「愛」要及時。

對於感情，無論是愛情或是親情，甚或是友情，我們總是怯懦，沒有勇氣對自己喜歡的人開口說感恩的話語，也不敢給對方一個大大的擁抱，即便是心裡充滿感動的情緒，即便是很想用力地擁抱對方，最終還是會被自己內心的膽怯擊敗，讓船過水無痕。

所以，為了不要有遺憾，請鼓起勇氣對自己身邊的人說「謝謝，我愛你」吧！帶著Sunry對自己爺爺的缺憾，帶著燦燦對阿莫的感情的怯懦，勇敢地向那些愛你的人們說「我愛你」，或是給他們一個擁抱，讓他們感受到你對他們的愛，好嗎？

最後，仍然要不能免俗地希望你們喜歡《燦燦》這個故事，並且謝謝所有肯花時間來看這個故事的你們。

Sunry

國家圖書館出版品預行編目資料

燦燦／Sunry著. -- 初版. -- 臺北市；商周，
城邦文化出版；家庭傳媒城邦分公司發行，
民98.10
面 ； 公分. --（網路小說；139）

ISBN 978-986-6369-12-4（平裝）

857.7 98012369

燦燦

作　　者／Sunry
企畫選書人／陳思帆
責任編輯／陳思帆

版　　權／翁靜如
行銷業務／賴曉玲、蘇魯屏
副總編輯／楊如玉
總 經 理／彭之琬
發 行 人／何飛鵬
法律顧問／台英國際商務法律事務所　羅明通律師
出　　版／商周出版
台北市中山區民生東路二段141號9樓
電話：(02) 2500-7008　傳眞：(02) 2500-7759
blog：http://bwp25007008.pixnet.net/blog
email：bwp.service@cite.com.tw
發　　行／英屬蓋曼群島商家庭傳媒股份有限公司城邦分公司
聯絡地址：台北市中山區民生東路二段141號2樓
書虫客服服務專線：(02) 25007718・(02) 25007719
24小時傳眞服務：(02) 25001990・(02) 25001991
服務時間：週一至週五09:30-12:00・13:30-17:00
郵撥帳號：19863813　戶名：書虫股份有限公司
讀者服務信箱 email：service@readingclub.com.tw
歡迎光臨城邦讀書花園　網址：www.cite.com.tw
香港發行所／城邦（香港）出版集團有限公司
地址：香港灣仔駱克道193號東超商業中心1樓
email：hkcite@biznetvigator.com
電話：(852)25086231　傳眞：(852) 25789337
馬新發行所／城邦（馬新）出版集團
Cite(M)Sdn. Bhd.(458372U)11, Jalan 30D/146, Desa Tasik,
Sungai Besi, 57000 Kuala Lumpur, Malaysia.
電話：(603)9056 3833　傳眞：(603) 9056 2833

版型設計／小題大作
封面繪圖／文成
封面設計／山今伴頁
電腦排版／浩瀚電腦排版股份有限公司
印　　刷／鴻霖印刷傳媒股份有限公司
總 經 銷／聯合發行股份有限公司
電話：(02)2917-8022　傳眞：(02)2915-6275

■ 2009年（民98）10月1日初版
■ 2011年（民100）7月1日初版4.5刷
Printed in Taiwan

定價／180元

ISBN 978-986-6369-12-4

城邦讀書花園
www.cite.com.tw

廣　告　回　函
北區郵政管理登記證
台北廣字第000791號
郵資已付，免貼郵票

104台北市民生東路二段 141 號 2 樓

英屬蓋曼群島商家庭傳媒股份有限公司　城邦分公司

請沿虛線對摺，謝謝！

書號：BX4139	書名：燦燦	編碼：

讀者回函卡

謝謝您購買我們出版的書籍！請費心填寫此回函卡，我們將不定期寄上城邦集團最新的出版訊息。

姓名：＿＿＿＿＿＿＿＿＿＿＿＿＿＿＿＿ 性別：□男 □女

生日：西元＿＿＿＿＿＿年＿＿＿＿＿＿月＿＿＿＿＿＿日

地址：＿＿＿＿＿＿＿＿＿＿＿＿＿＿＿＿＿＿＿＿＿＿＿＿

聯絡電話：＿＿＿＿＿＿＿＿＿＿＿ 傳真：＿＿＿＿＿＿＿＿＿＿＿

E-mail：＿＿＿＿＿＿＿＿＿＿＿＿＿＿＿＿＿＿＿＿＿＿＿＿

學歷：□1.小學 □2.國中 □3.高中 □4.大專 □5.研究所以上

職業：□1.學生 □2.軍公教 □3.服務 □4.金融 □5.製造 □6.資訊

□7.傳播 □8.自由業 □9.農漁牧 □10.家管 □11.退休

□12.其他＿＿＿＿＿＿＿＿＿＿＿＿＿＿＿＿＿＿＿＿

您從何種方式得知本書消息？

□1.書店 □2.網路 □3.報紙 □4.雜誌 □5.廣播 □6.電視

□7.親友推薦 □8.其他＿＿＿＿＿＿＿＿＿＿＿＿＿＿＿＿

您通常以何種方式購書？

□1.書店 □2.網路 □3.傳真訂購 □4.郵局劃撥 □5.其他＿＿＿＿

您喜歡閱讀哪些類別的書籍？

□1.財經商業 □2.自然科學 □3.歷史 □4.法律 □5.文學

□6.休閒旅遊 □7.小說 □8.人物傳記 □9.生活、勵志 □10.其他

對我們的建議：＿＿＿＿＿＿＿＿＿＿＿＿＿＿＿＿＿＿＿＿＿＿

＿＿＿＿＿＿＿＿＿＿＿＿＿＿＿＿＿＿＿＿＿＿

＿＿＿＿＿＿＿＿＿＿＿＿＿＿＿＿＿＿＿＿＿＿

＿＿＿＿＿＿＿＿＿＿＿＿＿＿＿＿＿＿＿＿＿＿

＿＿＿＿＿＿＿＿＿＿＿＿＿＿＿＿＿＿＿＿＿＿